U0948368

愿你过上我从未看见的生活

杨宇　编

北方联合出版传媒（集团）股份有限公司
万卷出版公司
2015 · 沈阳

目录
contents

让我来守护你，我的天使

我最亲爱的，你过得怎么样

愿你过上我从未看见的生活

爱你，用我的全心全意

你的幸福，我永远的牵挂

你老去的那一刻我才明白

你是陪伴我走过风雨的爱恋

■■■

让我来守护你，我的天使

感谢上帝，
感谢诸神，
谢谢你们让我和我的孩子，
此生一直在爱里度过。

我们彼此的人生是独立的

安妮宝贝

夏日黄昏，走进公寓的花园，看到绿树林荫之中，一个五六岁的女孩子牵着一串长长的纸鸢，在青石路上蹦蹦跳跳地跑着。黑而柔软的长发，齐眉刘海儿，矫健的小身体充满活力。站在一旁，静静地看着女孩和她的嬉戏。即便是邻家的孩子，自己脸上也会情不自禁地浮出欣喜的微笑。所谓的同理心是，如果你爱自己的孩子，你也应该会爱一切的孩子。

我想我并不是一个世俗意义上无微不至的母亲。自她出生，我很少对人谈论她，我从不加入所谓妈妈们的组织和聚会，我也并不整日与她缠绕在一起。在关心她必要的衣食住行之外，我们之间的关系有一种独立和互相尊重的意味。也就是说，我注重与她之间保持略微的距离感。这种距离感是，给予对方美好的重视的感受，但不侵扰和控制对方的情绪和意志。

女人即便身为母亲，最重要的核心，依然是需要有自己的生活。母亲不仅仅是给女儿做日常生活的琐事，更不能卸去自我的力量只围绕着孩子打转。我们彼此的人生是独立的。她要成长，我要成长，应是如此。

当她满了两岁，家里有一个与她能够相处和谐愉快的保姆，我开始恢复工作。有时我在书房独处很长时间，阅读、做笔记、整理资料、写稿子。间或有或长或短的旅行，几乎隔段时间就出发。那几年，因着种种机缘，去了英国、德国、日本、美国、印度、瑞士、意大利、希腊……时常与她分离。但每到一个国家，我会特意在博物馆或集市或商店里搜集漂亮的当地明信片，带回来之后贴满一面墙壁。有时她午睡后，我抱着还幼小的她，让她逐幅观赏五彩纷呈的明信片，告诉她，这是佛罗伦萨的古城，纽约的帝国大厦，京都的寺庙，威尼斯的桥……世界很大，世界很美好，等你长大，这一切都在等待你去探索。

在那几年，我陆续写完长篇小说《春宴》、散文集《眠空》和采访《古书之美》。我没有懈怠，愿意让她见到一个始终在笃实地工作着的母亲，一个在学习和成长着的母亲，一个在旅行和探索着的母亲，一个关注个体和世间的秘密并用写作做出表达的母亲。这样等她长大，她会知道对一个人的生命来说，真正重要的事情是什么。

三岁她进了幼儿园。这家幼儿园注重孩子的品德教育和艺术发展能力，因此，她经常带回来手工制作的作品和画作。我标上具体年月日替她一一保存起来。家里有一个大樟木箱子，保存着她小时候穿过的花边小衬衣，一些出版人和外国编辑送给她的礼物，我给她缝制的玩具，家里老人给她做的绣花布鞋和织的小毛衣，她制作给我的生日卡片……都是宝贵的纪念。

我经常给她拍照，觉得儿童的面容和眼神真是美丽至极，如此清澈芬芳。有些照片洗出来用相框框好，挂在她的房间里。一张是春天的时候在江南，她在花枝丛中，用手捧住一朵硕大饱满的玉兰花，微微出了神。一张是她在湖北寺庙，庙里的师父们教她写字，教她用菜叶喂兔子。她穿着小白衬衣，梳童花头，笑容愉快。让她知道她自己是美丽的，并且感知到这种美丽，对一个女孩子来说尤其重要。

五岁多的时候，一直陪伴和照顾她的保姆，因为家里有事回了老家。我开始为她做细微琐碎的家事。每日早起，给她做早餐。有时是用黄豆、松仁、葵花籽、红枣一起打豆浆，有时用鲜玉米榨汁，配上全麦面包和橄榄油。有时煮红薯粥。我并不精于烹饪，但她喜欢我做的苹果派、土豆泥和鸡蛋羹，时常提出要求想再次品尝。我一直很注意为她买各种优秀的绘本作品，让她在故事和绘画中获得知识。那次找到一本关于做苹果派的绘本，关于一个女孩子如何在全世界搜集到做苹果派的材料。面粉、牛奶、鸡蛋、肉桂、黄油、苹果……我们在睡前一起朗读这本书，她因此获知以前未曾了解到的地理和食物的知识。她产生了极大兴趣，说，妈妈，我们明天一起来做苹果派。我说，当然可以。于是，那一天她放学回来，系上小围裙，站在小板凳上，一本正经开始在玻璃碗里搅拌鸡蛋，揉搓面团。我在她一心一意干活时，悄悄拍下照片。

如果等她长大，看到自己在厨房里学习的样子，会觉得欣喜。

白日她在幼儿园上课，我处理家务和自己的工作。下午她回到家里，我给她打一杯鲜榨果汁，拌入一些酸奶。她端着杯子走进自己的小书房，继续画画和做手工。孩子的心智目前还像张白纸，染上什么色彩尤其重要。不能被庸俗繁杂的电视娱乐新闻所侵扰，也不能沉浸在 iPad 游戏的电光声影之中。所以，让她接触到的事物需要有所过滤，有所选择。

我从不对她寄托过多期望，也不试图用力灌输给她什么。有时听到一些母亲，骄傲地宣称自己的孩子会背下多少首古诗，背下《三字经》《弟子规》，甚至背下《老子》《庄子》。我从不试图要让她去学会什么。我只希望她自在地喜悦地玩耍，对这个世界充满好奇，用她自己的方式去探索，去前行，如此而已。她上过芭蕾课，上完第一阶段，在回家的路上经常疲累，在车上入睡，我问询她的意见，她说课太多，想休息。此间她还在上课外的英语课和美术课。于是我尊重她的选择没有上第二阶段。她有时回家，自己看绘本、画画、做手工，就忘记做数学和拼音的作业，我也并不催促。因为终有一天她会正式学习这些。

有什么可以着急的呢？孩子总是要按照她自己内在的节奏慢慢生长起来的。对他们来说，没有什么是比保护天性和保持愉悦和活力更重要的事情。我现在唯一所想的，就是让她时时觉得欣喜，按照自己的想象力和天性去成长。她的快乐和自尊是重要的。至于其他，终有一天她会知道。而且，她现在知道的事情，已经超过一些标准化答案太多太多。

那是我们最开心的时间。两个人在清朗凉爽的暮色中走走看看，有时就走得远。她在广场玩喷泉，我在旁边耐心等待她。回家之前，她则陪我一起去超市，买好吃的裸麦核桃面包、酸奶和水果。一次，她表达出想挑选一块香皂的心愿。我说，没问题。她在香皂架子前面逐一嗅闻那些包装漂亮的香皂，仔细观赏包装盒上的色彩和图案，最后选定一块白色铃兰香味的香皂。她说，我喜欢这个香气。我说，好，回去之后就用它洗你的小手，这样你的手会散发出铃兰花的香气。她听到后显出开心的笑容，并积极地帮我推购物小车。

夜色途中，我们穿过一个小花园。她在草地上撒欢，一下子跑得很快，很远。小小的身影穿梭过樱花树林，薄荷草丛，穿梭过淡淡的皎洁的月光。我看着她的样子，觉得心里跟微微痴了一样，如同看到一朵露水中的花，一颗皇冠上的珍珠。有什么区别呢？这世间美丽的纯真的存在，总是会让我们感动，会让我们敬重。曾经在哪一本书里见到过这样一段话，说，如果家庭中有一个五六岁大的女孩，那么她们都是神派下来的天使。她们带来的快乐实在太多。现在看来，此话一点也不夸张。

她们是这样的温柔、愉快、健壮、踊跃。有时她们是需要被照顾和带领的幼童，有时她们是带给大人启发和感知的镜子。一个小女孩带来的微风和香气，是与浑浊僵硬的成人世界完全不同的。我因此对她总是有一种感激之心。

每天晚上她睡觉之前，我们会举行小小的祈祷仪式。我把手轻轻放在她的额头上，低声在熄了灯的房间里，为她祈祷。我说，你会健康，快乐，美丽，安宁，你会是一个懂礼貌、爱学习的孩子，你会成为一个对大家有帮助的人。在梦里，你看到一个蓝蓝的大湖，湖上有睡莲，有云朵的影子，旁边有起伏的山峦。天使和仙女会来问候你，你就会甜甜地入睡直到天亮。于是，她在我的声音中闭上眼睛静静地睡着了。

这里会长出一朵花

韩寒

小野在很小的时候从她奶奶这里学会了一套评判标准，那就是害虫和益虫。有天我正吃饭，她突然从旁边飞身而出，口中大喊一句，害虫，打死。然后一只飞蛾就被她拍死了。

我大吃一惊，说，我去，小野，这是不对的。

这句话的结果就是小野又学会了一句“我去”。

她说，我去，是奶奶说的。

这是我一直想和她探讨的一个观点，但我想了很久也没找到合适的措辞。为此我和我母亲还争辩过，对于那些虫族，所谓的有害与有益都是相对人类而言，但你让小孩子有了这种二元对立非黑即白贴上标签即可捕杀的想法，并不利于她的身心。我母亲反驳道，那蚊子咬她怎么办，难道还要养起来？害虫就是害虫，小孩子不能好坏不分，《农夫与蛇》的故事你听过没有？

毫无疑问，这事一时争不出个结果。但小野飞身杀虫让我很生气。我站了起来，以前所未有的严厉再次责问她，你可以吗？你可以这样做吗？

她从未见我如此，退了一步，有点畏怯道，它是坏的小动物，它是苍蝇。（那时候她把一切在空中飞的小昆虫都叫苍蝇。）

我突然思路开朗，构建出了关于此事完整的哲学体系，什么叫坏的，什么叫好的？伤害你的小动物就是坏的，不伤害你的小动物就是好的。这个飞飞的小动物伤害你了吗？你把它打死了，它的家人找不到它了，会很难过知道吗？你不可以伤害它们，如果它们没有伤害你，知道了吗？你这样做，它会很痛苦，所以你错了，你要做那些让它很快乐的事情，你知道吗？你想想，如果你找不到家人了，你会难过吗？

也许是我语气太严肃，小野突然一句不说，两眼通红，凝滞几秒，瞬间大哭了出来。

我没有即刻安慰她，继续追问，你说，你做错了吗？

小野已经哭得没法说一句完整的句子，但抽泣之中，她还是断断续续说，我错了。

我上前抚了抚她的脑袋，语气缓和道，那你现在要做什么呢？

小野哭着走到那只飞蛾那里，蹲下身子说，对不起，你很痛苦。

看着她好几滴眼泪都落到地板上，我心疼不已，更怕她为此反而留下更大的心理创伤，便心生一计，说，别哭了，我们一起帮助它好吗？

小野噙着泪水，道，好。

我把飞蛾捡起，带上小铲子，牵上小野到了一片土地。我挖了一个小坑，让小野把飞蛾扔了进去，顺便也告诉她，这是飞蛾，不是苍蝇。我教小野把土盖上以后说，这只飞蛾以前是个动物，现在它死了，我们把它埋了起来，它就会变成一朵花，变成另外一种生命，就不会再痛苦了。小野，你快去拿你的水壶来，我们要浇水了。

小野飞奔入屋。

我瞬间起身，跑到十几米外摘了一朵花（罪过罪过），折返回去，把花插在刚才埋飞蛾的地方。完成这个动作，小野正好提着水壶从屋里出来。她走到那朵花前，惊诧得说不出话。我说，你看，就在刚才，它变成了一朵花长了出来，说明它已经原谅你了。

小野破涕为笑，依偎到我怀里，说，它这么快就有了花。

我亲了她一口，说，是啊，我们又是它的好朋友了。它很快长了出来，说明它很快乐。

小野开心地笑了。

我说，别难过了小野，那只飞蛾变成了花，现在就像我们一样快乐。

夕阳洒下，我抱起她，走向远方。我想，所谓教育，也许就是这样，爱与耐心，加上孩子能明白的方式。这世界不是那么好，也不是那么坏，但这世界上的很多东西不能只用好或者坏来形容。初秋，已经开始吹起凉风，但此情此景能温暖一切。

她轻轻贴到我的耳边，说，嗯，爸爸，那我们再去打一个飞蛾吧。

和你在一起

路金波

路琏城现在三岁。“三”在汉语中，是个有时很大（事不过三，冰冻三尺）、有时很小（三人行，必有吾师；三寸金莲）的词。

路琏城经常认为自己已经是个大姑娘了。

现在你让她讲个关于自己的故事，她就会端好架势，一字一顿、摇头晃脑地说：“很久很久以前，那时候我还是个很小很小的BABY……”

在同年龄组的“大人”中间，路琏城绝对是个“读书人”。

她从来不看电视，而且打心眼里“鄙视”看电视的人，经常耐心地教导偶尔“偷看”的外公说：“爸爸说了，看电视脑子会笨，眼睛也会坏掉。外公，我可以借我的书给你看哟！”（路琏城藏书甚丰，有数百册。按趋势超越书商老爸指日可待）

因为每天读书“破”N卷（所谓破，是经常要把书里面的贴纸剪贴到别处）。路琏城说话从来都是文绉绉的，带着其他幼儿园小班同学几乎听不懂的“复合句”。例如，“其实我觉得朱老师的这件衣服一点点也不美丽”。“虽然外婆打了我，但是我不恨她，因为我知道，她心里还是爱我的”，“你知道吗？爱是世界上最珍贵的财富”。

读书的好处，自然是出口成章。例如，每次老爸向她请假出去应酬吃饭，她都会在电话里背诵几句《弟子规》：“年方少，勿饮酒。饮酒醉，最为丑。”（背景音：其母王老师得意的笑声）

但是，我发现，路琏城也不免沾染了知识分子的一个通病——虚伪。例如，周六早上，她一觉醒来，就在爸爸妈妈之间拱来拱去——我们一时摸不准情况她到底是要起还是要睡，要撒尿还是要喝奶，犹豫之间，她就大哭起来。外婆听到动静，从楼下飞奔而至（工作日和外婆睡，周末和我们睡），抱起她，问：“乖囡怎么了？怎么了？”

路琏城止住哭声，清晰地回答：“外婆，你知道吗？我哭了一夜，我好想你啊！”

外婆感动地给她冲了一杯奶，她一口气喝完。

然后又爬到爸爸妈妈中间，亲热地说：“你们快起来吧，我们今天去看话剧《小飞侠》对吗？”

我问：“路琏城，你到底和谁是最好的朋友？”

她答："爸爸！就是你呀，我们都是姓路的！"

这时外婆在旁边幽怨地说："她昨晚吃得少，早上醒来是饿得哭了……"

自从认识到路琏城"虚伪的那一面"，我心里就决定，以后要提高警惕，不能轻易被她的"糖衣炮弹"击中，不能她亲一下就心软答应她任何要求！

有了这个念头，终于爆发了父女之间"历史上第一次吵架"。

话说周日晚上，我说："路琏城，今天给爷爷奶奶打个电话可以吗？"

她自然也不含糊，拿了一本书来，嬉皮笑脸地说："可以啊。不过我现在好想听一个故事啊。"

我也是爽快人。于是成交。

故事讲完了。

我又说打电话的事。

她磨磨叽叽说："再讲一个故事好吗？"

我心想毕竟虚长几岁（呸，是虚长三十几岁好吧），就答应了。

又一个故事讲完了。

她开始赖皮。拱到地上当猪。死活不肯打电话。甚至死皮赖脸把书拿到我面前。

我那时心想，这小东西本来就"精"，如果再加上"赖"，以后岂不是被她吃得定定的？再说，"人而无信，不知其可也"！正是本爸要教育她的时候！

于是，我——夸张地但是轻轻地——把书摔在了沙发上——扬长而去。

路琏城显然是第一次见到爸爸翻脸。

当下大哭起来。

我狠下心。

躲在楼梯拐角处不应声。

王老师作为教育工作者，当然明白千载难逢地轮到她当“红脸”一回。于是，赶紧上前安抚。

几分钟后。

路琏城趴在楼梯口，对着上面喊话：“老爸——恬爸——路总——金波——嘟嘟——”（她经常给人随便乱起一个外号）

我见“腔调”装得差不多了，就趁她叫“恬爸”时应了一声，“怎么了？有事吗？”

路琏城大声喊：“我错啦！我改啦！我给爷爷奶奶打电话啦！”

电话打得非常成功。路琏城发现，爷爷原来也是属狗的！“一个老狗和一个小狗”，还有，爷爷和姑姑，竟然和爸爸一样，都是姓路的，真巧啊！

路琏城现在三岁四个月大。我三十四岁。年龄是她的十倍。换句话说，在我目前生命的十分之一时光里，她与我同行。

我们是最好的朋友。她有次指着一个王子和公主婚礼的模型说，这男的是爸爸，女的是我十六岁的样子，那时候我就可以和爸爸结婚了。

我所知道的是，到她十六岁的时候，她会爱上一个打篮球或者弹钢琴的帅气小伙儿。并且想办法避开老爸。

那时候，我四十八岁，年龄是她的三倍。鬓角悄悄长出白发。

时间总是坚定地走着。然后，她会去国外读大学吧？然后，找了个联合国的工作？（王朔老师妙语，希望女儿在联合国工作，高贵得体，打交道净是元首。而且，实际不承担啥责任。打仗都打不着）

然后，在我六十岁的时候，她三十岁。我是她的二倍。

她嫁人了。并且，有了自己的孩子。——这意味着两件事：好事是，她可以知道爸爸当年有多爱她；坏事是，她把全部的爱给了自己的孩子。

又过了很久很久。白发甚至爬上了她的鬓角。

她五十岁。我，八十一。

九九八十一。九是汉语里很大的数字。

我的假设是——我将要死去。

死亡是多么自然的一件事情。几乎就是出生的另一面。

世人恐惧之，无非是害怕它突然而来，毫无准备。

所以我要善良，去爱。以求诸神一个恩准——在预定的时间，在故乡的土地，给我安静的一个星期。我神志清晰，无眠无痛。和家人聚在一起。

那时，我和我的孩子一起，已在尘间忍受许多苦难——连天使般的路琏城都已皱纹白发。

可是——或许路琏城会打印下我今天写的这篇文章，说："爸爸，你说，很久很久以前，那时我还是个很小很小的BABY，我真有那么'狡猾'吗？"

我那时已不能言语。

只在恍惚中感谢上帝，感谢诸神，谢谢你们让我和我的孩子，此生一直在爱里度过。

我最亲爱的，你过得怎么样

我希望我写的这封信能使你的回忆永不消逝，我盼望我能成为你生命中的一部分。

致独自一人在东京努力着的女儿

[日]新堂冬树

濮芸 译

女儿：

还好吗？有好好吃饭吗？你总是吃那些零食，不好好吃蔬菜可不行啊。

从没想过会有给你写信的一天。

最近爸爸的身体不是很好，有时会突然头痛得厉害，站都站不起来。不过你不用担心，下周末我就会去诊所好好检查一下。

虽然心里明白，已经不年轻了，却也实在搞不清具体是身体的哪里出了问题。

所以为了以防万一，有些话想对真生说。

你主持的节目，我每个星期都一次不落地收听，总是被真生的话语所激励。尽管爸爸是个不论是你离开关西上东京，还是偶尔回家都说不出一些好听话的没用老头儿，不过我真的为能有你这样一个向着实现梦想的道路努力迈进的女儿而感到由衷自豪。

只是最近，从你的话语中，感受不到霸气。有关烦恼的商谈，是不是开始以笑蒙混过去呢？虽然知道你也很忙，但你要知道有多少听众在期待着你的意见，有关这一点，重新思考看看吧。

如果你只是以随便玩玩的心情，以为做电台的工作只要自己开心就够了的话，现在就立刻回家吧。如果真的是这么想的，还是不要做这份工作的好。

这是你去世的母亲留下的话。

话说回来，真生你最近的节目，像这样继续可不行。

完全没有融入自己的感情。

这话出自比谁都仔细收听你节目的爸爸，一定不会有错的。

真生也是希望为某个人带来幸福，才坐在麦克风前的吧。

心里想着要将这份感情传递给某个人，才坐在直播室里的吧。

写了这么多字，右手又开始隐隐发麻了。爸爸要去睡了。

虽然感觉到最近你也在忙什么事，但是如果是要结婚的话，请一定要告诉爸爸。在没有看到你穿上嫁衣前，我还不想闭眼。

如果对方是个要你辞去工作才和你结婚的家伙的话，也一定要告诉我。我不论花多久时间都一定会说服他的。爸爸老了，也只能为你做这些事了。

最后，想要告诉真生，你还有可以回来的地方。感到疲惫的时候，随时都可以回家。

那么就写到这儿了，尽自己最大的努力去做，不论结果好与坏，只要尽力去做就够了。

然而若是心存迷惘的工作是不行的。再好好地调整一下心态吧。

相信自己，继续努力吧。

只不过，也要注意身体了。

爸爸

愿我成为你永远消逝的回忆

[美] 阿瑟·阿什

一代网球明星阿瑟·阿什因输血而受到病毒感染，离开了他的亲人、朋友、球迷，然而人们不会忘记他是如何呼吁抑制艾滋病的。

下面是阿什临死前给七岁的女儿卡米拉留下的一封信：

亲爱的卡米拉：

当你读到这封信的时候，我或许早已不能与你交谈了，我对你来说已成为了回忆，我希望我写的这封信能使你的回忆永不消逝，我盼望我能成为你生命中的一部分。

婚姻可能是你生命中将做的第二个重大的抉择，最重大的抉择将是决定是否要个小孩。当今世界，有将近一半的婚姻以离婚告终，这也意味着你必须极其慎重地选择你的丈夫。双亲家庭对孩子的成长是极为有益的，假如你像当今许多女性那样有一个非婚生孩子，这将令我万分遗憾。我祝福你婚姻美满，就像你妈和我那样。

现在的夫妇往往因为鸡毛蒜皮的小事就闹离婚，在我和你妈结婚的那个晚上，我们的一位老朋友给了我们几点忠告，其中一条是：婚姻中最重要的是能相互给予，这需要勇气，但它是通往幸福之门的钥匙，不能相互给予的夫妇是不能维系长久婚姻的。

你还必须学会如何在这个社会中生存，做到感觉良好。当我满世界跑，进行巡回比赛时，我发现，与不同类型的人保持亲密的友谊不仅是可能的而且还能极大地丰富自己的生活阅历。简而言之，与人交往价值不菲，不要限制自己，也不要允许别人限制你。我希望你有勇气与各种人建立友谊。

卡米拉，要注意你的身体。你母亲每天锻炼1个小时，我也鼓励她这么做。我希望你将来至少能掌握两项体育运动，体育运动的迷人之处在于它会在某些时候给你慰藉和快乐，通过体育你会更了解自己，了解你的情感和性格，并锻炼你的坚强毅力，学会如何从失败走向胜利。

在你成人的道路上，你将会首先尝试成人的事，诸如驾车、熬夜、喝酒、吸毒和性。作为你的父亲，我特别担心的是酒、性和毒品，那些被酒和毒品毁掉前程的人我见得多了。在我们这个家族，嗜酒者不少，他们为此痛苦了一辈子。性是上帝的礼物，但在性方面不要过于轻率，不要被人诱惑，遭人抛弃、遗忘，像许多可怜的女人那样。

卡米拉，我的人生很匆忙，你将来也会发现人生匆匆。当今世界新技术、新信息层出不穷，你常会感到时间不够用，要抓紧时间，充分利用时间，但不要将自己置于时间的控制之下，总之要保持生命的平衡。

别生我的气，尤其在你需要我而我无法在你身边的时候。我最爱陪伴你了。当我不在人世的时候，不要悲哀。我将始终爱着你，你给了我许多快乐，我却不能给你更多的爱。

卡米拉，当你在读这些文字的时候，或许我正在旁边看你呢！我在对你笑，并将一直鼓励你。

永远爱你的爸爸

爸爸给女儿的一封遗书 / 十年后，女儿回爸爸的信

佚名

爸爸给女儿的一封遗书

给可爱的女儿：

再吃十次蛋糕就可以找爸爸了……

爸爸和你玩了好多次捉迷藏，每次都一下子就被你找出来。

不过这一次，爸爸决定躲好久好久。你先不要找，等你十六岁（还要吃完十次蛋糕）的时候，再问妈咪，爸爸躲在哪里，好不好？

爸爸要躲这么久，你一定会想念爸爸，对不对？

不过，爸爸不能随便跑出来，不然就输了。

如果还是很想爸爸，爸爸就变魔法出现。

因为是魔法，不是真的出现，所以没有犯规，爸爸不算输。

爸爸的魔法是：趁你睡觉的时候，跑到你梦里大玩游戏；在你画爸爸的时候，不管好不好看，你觉得是爸爸，就是爸爸；当你拿爸爸的照片看时，爸爸也在偷偷地看你……

要记得，爸爸一直都陪着你！

你已经是六岁的大姐姐了。

爸爸要拜托你一件事，要你照顾和孝顺爷爷、奶奶和妈咪，看你是不是比爸爸以前做得好。有多好，妈咪会告诉你的。

爸爸猜想，我们这一次玩捉迷藏要玩这么久，爷爷、奶奶、妈咪有时候看不到爸爸，他们一定会偷偷地哭。

偷偷地哭就是犯规，就是失败。

他们偷哭，你就要逗他们笑，不然游戏输了以后，他们一定会哭得更厉害了。

好不好，宝贝？你们是同一伙的，来比赛看是你们厉害，还是爸爸厉害？

准备好了吗？比赛就要开始了。

十年后，女儿给爸爸的信

爱玩的爸爸，你躲在哪里？

你不是说我吃过十次蛋糕后，就可以找到你的吗？

这十年来，我很听爸爸你的话，不敢犯规，害怕游戏输掉再看不见你。我努力地照顾爷爷、奶奶、妈咪，他们哭，我逗他们笑。

爸爸，他们终于笑了！我赢了！游戏结束了，你该回来了吧，对吗？

原来……不对的！

我期待爸爸你回来，再和我玩捉迷藏的时候，妈妈却告诉我，我再也看不到你了，原来十年前的我已失去了你这个爱玩的爸爸……

爸爸，你怎么忍心骗你最爱的女儿？

十年来，每吃一次蛋糕，我对你的思念就愈累积，对我们十年后的再会也就愈期盼。

十年的累积实在令我输得好伤心！

十年前，若你让我选择的话，我宁愿爸爸不要骗我，你该相信你的女儿吧！

我会坚强，我会更努力地逗爷爷、奶奶、妈咪笑。

又或者……让你骗我一辈子，和我玩一辈子的捉迷藏，让我赢回一辈子的你……

爸爸，十年后的后知后觉没有减轻失去你的震撼，虽然痛，但我会努力创造我的人生，不会辜负你的爱，不会辜负你和我玩十年捉迷藏的苦心。

我曾在月光下奔跑

乔叶

我听人说如果在月光下奔跑，就可以让去世的亲人看见自己。恰好那天晚上月光很好，我便在月光下奔跑了很长一段路。

——题记

爸爸妈妈：

你们一定很好，我知道。昨天，去商店买电池，一对母女在看衣服，母亲正拿着一件桃红色外套在女儿身上比画，说："大了点儿，大了点儿。"她的背影让我一下子就看到了妈妈。然后，路过菜场，我看见一个身材瘦高稍微佝偻的中年男人拎着两包粉丝，穿着深蓝色的中山装，默默地行走在人流中。我有意绕到他的身边，听见他轻轻的咳嗽声，像极了爸爸。

你们都是最平凡的人。谢谢你们的平凡。

因为你们的平凡，我才可以从每一个适龄男女身上重温你们。这让我觉得，你们从未离开过我。你们的天堂和我的人间一直融合在一起，天堂和人间似乎根本没有什么区别。天堂亦是人间，当然，人间也是另一种意义的天堂。只不过许多人不明白而已。而我之所以懂得，是因为你们。你们让我成为一个清醒的天使。

爸爸离开的时候，我十五岁。伤悲刚刚平复了一些，妈妈又离开了。你们走后，我们兄妹五个虽然各自成家，却也都有点儿像野孩子：自由自在的同时也无依无靠。

因此我曾经无数次痛恨过命运的苛刻和歹毒，但，现在，我的喋喋不休早已沉寂——大哥因为工作失误身陷囹圄四年，刚刚出来；二哥离异，开一家药店，大哥正帮他经营；小弟夫妇因为经济问题畏罪潜逃，经多方努力才归案自首，现在都被判了缓刑……我和姐姐算是比较平安的，但也跟着他们一波起一波落，十指连心，流血，剧痛。在经历了这么多事之后，我终于不再抱怨。

我学会了感谢，感谢一切。

在一篇名为“谢词”的短文中，我这样表达了自己的谢意：“痛苦之前我感谢生活，她给我平安；之后我感谢生活，她给我幸福；之中我感谢生活，她给我体验。繁华之前我感谢生活，她给我安宁；之后我感谢生活，她给我沉静；之中我感谢生活，她给我高潮。罪恶之前我感谢生活，她给我简单；之后我感谢生活，她给我深沉；

之中我感谢生活，她给我挣扎。丑陋之前我感谢生活，她给我妩媚；之后我感谢生活，她给我淡定；之中我感谢生活，她给我煎熬……我感谢生活。她值得我感谢。喜悦，残缺，遗憾，她的一切我都在感谢中照单全收。我感谢生活。她值得我感谢。每一个细节，每一种滋味，每一滴泪水掉进笑靥……”

当然，我最感谢的，还是你们。

不会再有人像你们一样爱我、我们。再也不会。

感谢你们让我们存在——也感谢你们和我们分开。因为分开，我们不得不以最快的速度成熟和成长，让心灵获得最重要的智慧和坚强。我也替你们感谢了这分开。诀别固然至痛，但也免尝了孩子们带来的纷扰和烦恼。你们可以由此享受到原始的平静安宁。这让我欣慰。

但我还是想念你们，在许多时刻。

接送孩子上学，去田野里放风筝，买一只烤白薯……每一处微小的角落里，你们都会在我的眼前跳出，栩栩如生。

一次，我听人说如果在月光下奔跑，就可以让去世的亲人看见自己。恰好那天晚上月光很好，我便在月光下奔跑了很长一段路，你们看到我了吗？我多么希望你们能看到啊。

想说的太多，说出的太少。

写了这些，才发现文字不过是最贫乏的诉说方式。

也许，根本无须这样的诉说。

每一个孩子的存在，对你们都是一种鲜活的缅怀。

我们的每一颗心，都是你们的栖居地。

我们会怀抱着最纯净的祝福与感恩，带着你们，将生活继续下去，下去。

女儿乔叶

故纸堆里的爱情传奇

[美]雷吉娜·菲尔浦斯

枫树大道上一块修葺整洁的草地中间稳稳立着的标牌吸引了我的目光，上面用哥特字体写着“车库大甩卖”。大多数车库甩卖都只是用纸板或是指向卖场的箭头来做标示。当我意识到这是为枫树大道那家旧式房子做的标牌时就更兴奋了。那栋房子高大稳固，它的典雅与风格正彰显了世纪之交涌入长岛的新贵们的品位，在史密司镇，这房子也算是一道风景了。维多利亚时代早已结束，但建筑者们仍试图赋予这栋住宅以维多利亚时期房屋的质地和韵味。房子现在的主人是位退休的中学校长，他把房子展示出售。

通常，走进一个甩卖地方，我会先快速打量一番，然后才开始仔细查看。作为一个有收集癖好的老手和藏书人，我能嗅触到有价值的物品。但这次，我径直走到一个摆着盖满了灰尘的旧书的小木制雕花书架前。一共有二十本书，它们出版于1900年到1930年之间。最后，我以难以置信的十美元的价格买下了书架和上面所有的书。

我把其中的一本破旧的《德国圣经》、一本卷曲污损的推理小说和一本《格雷格速记法》捐给了史密司镇图书馆。当天晚上，我在简朴的蜗居里开始翻看留下的书。其中有一本《贝蒂·克罗克烹饪书》，一本奥特朋协会的有关东北地区常见鸟类的签名本，还有几本学校图书馆的藏书。我那天在那儿还买了其他东西：一个盘底的腿像爪子一样的银暖锅，一些有画家署名的油画。但我真正的发现还是这些旧书。偶尔我还能在旧书中幸运地发现一些潦草的注释和题词，从中得以窥见原主人的蛛丝马迹。看着旧书中的这些字迹，我几乎可以猜得出主人的性情。粗犷豪放的字体往往显示了主人外向冲动的个性，整洁细小的字迹则应该出自干净严谨的人。在许多积满灰尘的地下室和车库甩卖中我还能发现作家成名前很有价值的手稿和故事。那天晚上，学校的藏书掉在地上了，我发现其中一本名为“现代罗曼史”的书打开的页边上布满了字迹。

第22页——

亲爱的：

今天午饭的时候我很想你，我父亲说我们不能再见面了，可他不能阻止我。

字体饱满，整洁流畅，“我”这个字还用点圈出了一颗心。再翻几页，我发现每页都有留言。

第 50 页——

安：

昨天我在小店看到你了，你和你妈妈在一起。你站在收银处，背对着我，我很想跟你打招呼，但不肯定是否妥当。我不希望我们的友谊使你和你的家人产生矛盾。放学后我在海滩附近的崖边等你。今天你去拿书，明天再带回图书馆。我爱你。

布赖恩

字写得很大，很奔放。让人觉得很自由，充满激情。我肯定没能从书中解读费·斯科特·菲茨杰拉尔德和塞尔达之间的秘密情史，但这本书仍然让我着迷。

整本书都有留言，他们在图书馆不断地传递着这本书，难怪这本书没被还回图书馆了。我感觉自己像在读一本日记。这对 20 世纪 20 年代的不幸情侣是谁？他们后来结婚了吗？布赖恩到底有什么让人诟病之处？这本书似乎不像是《现代罗曼史》，而更像《罗密欧和朱丽叶》。

第 101 页——

布赖恩：

我发现了一个见面的地方，湖边的汤普森小屋。去年四月汤普森先生的儿子移居到加州后，小屋就空置无人了。放学后我要去小店，我们三点一刻在那里见吧，我爱你。

安

有时候我得把书倒转过来才能看见完整的留言，布赖恩字迹太大，书边空白只能写几个字，有时候他只写“小屋”和“四点”。他们一定经常在汤普森的那间几年前毁于火灾的老屋里见面。布赖恩的留言很简短，但结尾都是同样的“我爱你”。

我已经对书本身的故事失去了兴趣，却一直很有兴致地在读上面的留言。这本书很厚，他们的全部爱情经历都在里面。

第 114 页——

布赖恩：

我问父亲是否他能允许你来家里拜访，让他能对你有所了解，他却说“有其父必有其子”。为什么父母们总觉得他们什么都懂。

你父亲有麻烦，但跟你没关系。别担心，布赖恩，无论他们说什么做什么，都不能阻止我对你的爱。

安

第202页——

安：

我不得不退学了。父亲在监狱，我母亲没法负担这么多，我得去工作。放学后见面也不太可能了，我得全天上班了。

到这里还有大概二十页就结束了，从这个留言的语气来看，似乎这段浪漫的感情也快结束了。

布赖恩，布赖恩，布赖恩：

我在梦里一遍遍地呼唤着你的名字。已经两个多星期没见过你了，我实在受不了了，没有你我活不下去。你再也见不到我写的这些留言了。我魂牵梦萦地想你。

在第210页和第211页之间夹着一封布赖恩的大字写的信，信的背后有一个口红印，还有用一些心形写成的“安爱布赖恩”和“1932年9月”字样。

亲爱的安：

夏天过得飞快，你也要准备开始最后一年的学习了。我一直在布里斯托尔的海军造船厂工作，学习修理他们船上用的大引擎。我喜欢这工作，老板也说我干得很不错。我想念你，希望有一天你父亲能明白我是个工作勤奋的好人。安，这一年对你意义重大，我不想搅乱你的毕业典礼、毕业舞会和派对。如果你父亲仍然不允许我们见面，我希望你可以在高中做自己愿意做的所有事情。安，现在这种时候，请忘记我吧，也许我们有一天还能在一起，我永远爱你。

布赖恩

看到这里，我不禁想，可怜的孩子，这个世界怎么这样。我怀疑我们是否已经真的有了许多改变。书中的留言没有了。当我翻开一些粘在一起的页面时，发现一张发黄的剪报，日期是 1933 年 11 月：

布里斯托尔的海军造船厂发生一起不幸事故，当地的男孩布赖恩·卡明斯在修理引擎时，引擎忽然发生爆炸。布赖恩证实死亡。

新闻提到他身后留下了母亲和三个姐妹，却没有提到安。布赖恩在史密司镇中学的老师也在文中赞扬了他的善良和对家庭的照顾。

真不敢相信这是真的。这次甩卖在我面前展现了两个年轻人的希望和幸福，却又以不幸画上了句号。

我暗自思量，后来安怎么样了呢？她结婚了吗？她忘记布赖恩了吗？

书的背后是图书馆用来放借出卡的小信封，上面盖着“史密司镇校区财产，如有拾获，请交至办公室”的印章。借出卡上那同样整洁流畅的字迹我已经很熟悉了——

上面的名字是安·马圭尔。

这个名字猛然间令我屏住了呼吸。安·马圭尔，那是我母亲结婚前的名字。

是的，她结婚了，有两个女儿，一个就是我，还有一个儿子——布赖恩。我想起来，妈妈常常会失神难过。我问她在想什么，她会吻我，紧紧抱着我。有时我会看到她的眼泪，她说：“我亲爱的孩子，我在想念一个老朋友，一个亲爱的老朋友，在你出生的多年前他就去世了。”

我把书抱在怀里，哭了起来。我知道这本书里写留言的人是谁。

咪咪，你在哪里？

韫秀

咪咪，你在哪里？从去年十一月到今年的一月，咪咪你离开我已经有两个多月了。暮春、炎夏、明秋，再转到初冬，分明的四季却只能留住你七个月的生命。岁月渐渐远去，思念你的心情似乎开始慢慢减少，但那只是不愿意常常因为你的离开而伤心的缘故，我刻意压制自己不要太想你，因为想你是一种疼痛。

朋友说，你是一只猫，何必如此？我知道许多人都会这样想，一只猫，丢了就丢了吧，大不了再养一只。可是此只非彼只，但我好像也在现实的世界里寻找着你的替代品。每次在马路上看到貌似你的猫猫，我都会停留下来仔仔细细瞅瞅它们，希望从它们的身上找到你的影子，但是却无法再寻到你的样子。

咪咪，你在哪里？全身白毛，仅仅在头顶上有一撮桃形的灰毛，一只湛蓝、一只亮灰的眼睛是你与众不同的标志，仿佛注定你是独一无二的，独一无二到我再也寻不到你的影子——那晃动在我的眼际却又抓不住的影子。

曾经你在我的身边，是一个不会走路的小猫崽，一个出世大约十五天就被主人家丢弃的猫孩子。幸运的是，你被我的邻居捡回来，从此就天天在我的眼皮子下蹒跚学步，咿咿呀呀。媚阳和清雨，在绿树葱茏、丽花烂漫的春天尽情地流连大地，你在春的世界里和你的兄弟姐妹偎依在一起，共同哀呼着没有母亲关爱的凄惶，指望着人类给予你们全新的爱护。你们是多么依恋人类啊，大概也从此忘记了人类的残忍，无论是谁，你们都要轻轻地靠近，抬起你们稚嫩的脑袋，张开粉红色的嘴巴，吹着小胡子“喵喵”地倾诉你们的心思。

从你们的眼神和声音里，我听出了你们的怯弱和期待，我忍不住拨开人群，蹲到你们的跟前。你们看到有人朝你们靠近，于是争先恐后地向我跑来——不，那不叫跑啊，是爬过来，爬到我的双手上。但是我的手太小了，尽管你们每一个的体积也只有我一张手掌大，我的手心也只能容下你们其中的一只。咪咪，你把你微弱的身躯蜷在我的手心里，你不懂得害怕——害怕在你眼里看起来像巨人一样的我会给你带来什么伤害，你如此信任着我，仰起你的小头颅看着我。我的手心感受到你温暖的躯体在瑟瑟地颤抖，那不是天气寒冷的原因，是不是你担心我嫌弃你会把你从手里扔掉？你还在看着我，看到我的怜惜表情，你不再担忧顾虑，我也感觉不到你的颤抖了。那么，咪咪，让我收养你吧！你长得这样漂亮，如此乖巧，我想收养你。

邻居叮咛我一定要对你好，我想因为你是个苦命的猫仔，所以邻居再也不愿意收养你的人哪一天不喜欢你了再把你给扔了。我知道，我既然决定收养你，就没有想过要丢弃你。

那五月晚春的气息，糅杂在你清逸的毛丝里，你攀着清碧蜿蜒的蔷薇枝条往上爬，想去衔住粉白的花，你够呀够，怎么也够不到。一阵风吹来，你被风吹倒，摔了下来，地上是一层蔷薇花瓣，一些好色的蚂蚁躲在花瓣下舔着花蕊，另外一些蚂蚁涌向你的食盘，计划着抢劫你的口粮。你在蔷薇花瓣上滚啊滚，我就在旁边微笑着看啊看，看到你滚到我的脚面上，我才伸手把你抱起来，你看见我，任由我抚摸你的毛，闭上了你的眼睛。

春将离去，夏的气息扑鼻而来，布谷鸟的鸣声也穿过河流和山川，在城市的上空回漾。你伏在我的双膝上，和我一起看电脑屏幕，你不明白为什么电脑屏幕里总有一些运动的东西，那殷红的血渍、声撕裂肺的哭声、生离死别的惆怅……你猜不透人类的思想，也看不到人类的残忍。你看你，在我的膝盖上不耐烦了吧，跳上了书桌，盯着闪光的鼠标，死死地盯着，然后扑了上去。哦！你咬住我的手面了，却不疼。我笑哈哈地扯你的小耳朵，故意激起你的斗志，你终于上当，回头咬我抓你耳朵的手，我躲，你扑，你扑，我躲，终究累了，又回到了我的膝盖上。这次你真睡了。电脑屏幕上有条狗被人杀了，它在呜咽，你没有听到，你在睡。人类的残忍啊，咪咪，你不知道！

咪咪，你在哪里？那团白毛球蜷到哪里去了？外面夏雨连绵，地面上来不及淌，雨水挤在一起淹没了第一个台阶。城市似乎没有了安宁，在水的沐浴中欢声笑语，热浪滚到了地底下了，地底下的虫子在呻吟，惋惜自己失去了一个新筑的家。新闻网上报道说有人在马路上走，被刮断的树干砸死了。生命无常，咪咪，你看到过生命萎谢时的样子吗？我越想越怕，这样大的雨，咪咪你不见了！一个激灵，突然，我撑起一把伞，冲进雨幕里，呼喊着，希望你在某个小角落里回应我的呼声。可是没有找到你。我疲倦了，回来，依在床沿边，一声叹息。

你不会离去，是的，你不会离去。大雨从清晨到黄昏，一丝不减地下个不停，快要淹没第二个台阶了。突然，你在我门外叫起来，用爪子叩击着木门。我弹跳起来："咪咪！"从此，你叩木门的声音频频响起，预示着你要进我的卧室和我在一起。

每次准备出去，我一打开门，你就知道我的方向，从厨房的窗户跳出来，目送我的离去。再回到家，你一听到我的声音，马上守在门里等我开门。这像一个惯例，我习惯了你的举动，你也习惯了我的生活。如果你看到我在马路上走，你也会沿着我的路线跟着不离不弃。你不需要被谁指引，你也许只有一个这样的信念，和我在一起你才有活着的保障。

我要考验你的智力。于是我带你去一所大学散步，没有用绳子拴着你，由着你跟在我的后面跑。那是你和我在一起最长的一次散步。路人奇怪你是猫还是狗，为什么像狗一样紧跟在我的身后，寸步不离。我故意走得飞快，看你的反应。"喵喵！"你抗议的声音急促不歇，抱怨我跑得太快你追不上。我又故意躲起来让你看不到。“喵喵！”你惊慌失措地哀叫，直到我出现在你的眼前，你一个箭步奔上来，气喘吁吁。

你终于累了，不肯走了。我看出你的意思，假装不抱你，然后走得离你远远的，你看着我的脚步，不言语。有的路人围了上来，说这只小波斯猫哪里来的。我说你不是波斯猫，只是长得像波斯猫罢了。我说你叫咪咪。“咪咪，咪咪。”人们在叫你。你一脸无辜地看着我，还是一动不动。“咪咪，咪咪。”人们还在叫你，一遍又一遍。你终于不耐烦了，拔开四脚，撒腿狂跑。不经意间你站到我的脚边了。“咪咪，咪咪。”人们还在叫你。

你是一只宠物，你的生活只有享受。如果你给人类带来快乐的话，谁也不抱怨你只享受不劳动的事实。偶尔给你劳动的机会，你却成了人们谈笑的言资。晚秋昭示着冬的来临，冷季的老鼠也要准备过寒天了。它在人类厌恶的眼神下，仓皇得窜东窜西，寻觅着它想要的食物。因为在一个院子里，你和你的兄弟即使分开生活，却常常有机会在一起玩耍。老鼠闯进你们游乐的领地，成为你们追捕的目标。

无阳光无风雨的天庭下，成熟的秋景一片一片，黄得灿烂，没有尘埃，仿佛大地初始开辟的混沌，今时今刻尤有余存。你是快乐的生灵，没有对人类任何恶意的攻击，甚至如你全无戒备地相信人类对猫类也是和蔼可亲，即使是鼠辈的天敌，还要温和地演绎一场令人嬉笑喷饭的猫鼠游戏。

是游戏，就有游戏的规则。你们的规则很简单，只不过是一边一个拦住老鼠的去路。生死两重天，一边是幸灾乐祸的猫兄弟，一边是失魂落魄的老鼠，对视着，窜跑着，来去之间，把人类的眼神引向了波澜不惊的生活片段里。那是你一生的游戏，一生的荣耀——因为你终于让全院子里的人记住了你。那也是我回忆你时最精彩的场景之一。其实你不知道你这一点成绩，你和你的兄弟追完了老鼠，仍然如常，没有什么不一样的，卧在我的膝盖上，外出寻找你的朋友。你的世界很简单，只要我不抛弃你，你就满足了。

但是你也有你的情感。当我不开心，甚至哭泣的时候，你守在我的身边，变换着你的姿态，关心地观察着我。你不会讲人类的语言，但是你也会表达人类的情感。咪咪，这是我永生不能忘怀的情景，你调和出来的气氛，给我你的关心。你知道把我的快乐当成你的快乐，把我的悲伤当成你的悲伤。其实无论人类，还是非人类，如果有了彼此的关心，那还要计较什么？

你明白了多少呢？人类的残忍你低估了，我在人类的世界里生活着，早就看到了人类某些残忍的一面。那张网下的美食，欺骗了你单纯的头脑，只恨你的群类没有进化得聪明一些，能够明白网下的美食隐藏着人类金钱的诱惑，而你成了金钱的源泉。也恨我把你养得太健壮，引起了丧尽天良的人对你垂涎三尺。总之，这不是你的错误。人类的冷漠把你出卖了。有人看到抓猫的人来了，也不告诉我，却偏偏事后告诉我。这是怎样的逻辑啊？似乎事情发生过了才可以为自己找到解脱的借口。他们也会说，那仅仅是一只猫，被人逮了杀了当猫肉卖了，死了就死了，没有什么了不起的。他们就忘记了你要生的渴望，你对人类没有歹心的本性。

咪咪，你在哪里？这几天下了很多的雪。如果你还在的话，肯定又睡在我的膝盖上，回避寒冷的空气——可是你不在了。我看着你的照片，一双清明的眼睛满是期待，身体陷在透明的花瓶里，前爪双双扒在花瓶口沿，如此鲜活，却永远定格在电脑里，再也活不过来了……

愿你过上我从未看见的生活

我盼望着那一天，这将给她那十几年含辛茹苦、自我牺牲的生活带来何等重要的意义，何等大的安慰啊。

一碗阳春面

［日］栗良平

对于面馆来说，最忙的时候，要算是大年夜了。北海亭面馆的这一天，也是从早就忙得不亦乐乎。

平时直到深夜十二点还很热闹的大街，大年夜晚上一过十点，就很宁静了。北海亭面馆的顾客，此时也像是突然都失踪了似的。

就在最后一位顾客出了门，店主要说关门打烊的时候，店门被咯吱咯吱地拉开了。一个女人带着两个孩子走了进来。六岁和十岁左右的两个男孩子，一身崭新的运动服。女人却穿着不合时令的斜格子的短大衣。

“欢迎光临！”老板娘上前去招呼。

“呃……阳春面……一碗……可以吗？”女人怯生生地问。那两个小男孩躲在妈妈的身后，也怯生生地望着老板娘。

“行啊，请，请这边坐。”老板娘说着，领他们母子三人坐到靠近暖气的二号桌，一边向柜台里面喊着：“阳春面一碗！”

听到喊声的老板，抬头瞥了他们三人一眼，应声答道：“好咧！阳春面一碗——”

案板上早就准备好的，堆成一座座小山似的面条，一堆是一人份。老板抓了一堆面，继而又加了半堆，一起放进锅里。老板娘立刻领悟到，这是丈夫特意多给这母子三人的。

热腾腾香喷喷的阳春面放到桌上，母子三人立即围着这碗面，头碰头地吃了起来。

“真好吃啊！”哥哥说。

“妈妈也吃呀！”弟弟夹了一筷子面，送到妈妈口中。

不一会儿，面吃完了，付了一百五十元钱。

“承蒙款待。”母子三人一起点头谢过，出了店门。

“谢谢，祝你们过个好年！”老板和老板娘应声答道。

过了新年的北海亭面馆，每天照样忙忙碌碌。一年很快过去了，转眼又是大年夜。

和以前的大年夜一样，忙得不亦乐乎的这一天就要结束了。过了晚上十点，正想关门打烊，店门又被拉开了，一个女人带着两个男孩走了进来。

老板娘看到那女人身上的那件不合时令的斜格子短大衣，就想起去年大年夜那三位最后的顾客。

“……呃……阳春面一碗……可以吗？”

“请，请里边坐，”老板娘将他们带到去年的那张二号桌，“阳春面一碗——”

“好咧，阳春面一碗——”老板应声回答着，并将已经熄灭的炉火重新点燃起来。

“喂，孩子他爹，给他们下三碗，好吗？”

老板娘在老板耳边轻声说道。

“不行，如果这样的话，他们也许会尴尬的。”

老板说着，抓了一人半份的面下了锅。

桌上放着一碗阳春面，母子三人边吃边谈着，柜台里的老板和老板娘也能听到他们的声音。

“真好吃……”

“今年又能吃到北海亭的阳春面了。”

“明年还能来吃就好了……”

吃完后，付了一百五十元钱。老板娘看着他们的背影："谢谢，祝你们过个好年！"

这一天，被这句说过几十遍乃至几百遍的祝福送走了。

随着北海亭面馆的生意兴隆，又迎来了第三年的大年夜。

从九点半开始，老板和老板娘虽然谁都没说什么，但都显得有点心神不定。十点刚过，雇工们下班走了，老板和老板娘立刻把墙上挂着的各种面的价格牌一一翻了过来，赶紧写好“阳春面一百五十元”。其实，从今年夏天起，随着物价的上涨，阳春面的价格已经是二百元一碗了。

二号桌上，早在三十分钟以前，老板娘就已经摆好了“预约席”

的牌子。

到了十点半，店里已经没有客人了，但老板和老板娘还在等候着那母子三人的到来。他们来了。哥哥穿着中学生的制服，弟弟穿着去年哥哥穿的那件略有些大的旧衣服，兄弟二人都长大了，有点认不出来了。母亲还是穿着那件不合时令的有些褪色的短大衣。

“欢迎光临。”老板娘笑着迎上前去。

“……呃……阳春面两碗……可以吗？”母亲怯生生地问。

“行，请，请里边坐！”

老板娘把他们领到二号桌，一边若无其事地将桌上那块预约牌藏了起来，一边对柜台喊道：“阳春面两碗！”

“好咧，阳春面两碗——”

老板应声答道，把三碗面的分量放进锅里。

母子三人吃着两碗阳春面，说着，笑着。

“大儿，淳儿，今天，我做母亲的想要向你们道谢。”

“道谢？向我们？为什么？”

“实在是……因为你们的父亲死于交通事故，生前欠下了八个人的钱。我把抚恤金全部还了债，还不够的部分，就每月五万元分期偿还。”

“这些我们都知道呀。”

老板和老板娘在柜台里，一动不动地凝神听着。

“剩下的债，本来要到明年三月还清，可实际上，今天就已经全部还清了。”

“啊，这是真的吗，妈妈？”

“是真的。大儿每天送报支持我，淳儿每天买菜烧饭帮我忙，所以我能够安心工作。因为我努力工作，得到了公司的特别津贴，所以现在能够全部还清债款。”

“好啊！妈妈，哥哥，从现在起，每天烧饭的事还是我包了！”

“我也继续送报。弟弟，我们一起努力吧！”

“谢谢，真是谢……谢……”

“我和弟弟也有一件事瞒着妈妈，今天可以说了。这是在十一月的星期天，我到弟弟学校去参加家长会。这时，弟弟已经藏了一封老师给妈妈的信……弟弟写的作文如果被选为北海道的代表，就能参加全国的作文比赛。正因为这样，家长会的那天，老师要弟弟自己朗读这篇作文。老师的信如果给妈妈看了，妈妈一定会向公司请假，去听弟弟朗读作文，于是，弟弟就没有把这封信交给妈妈。这事，我还是从弟弟的朋友那里听来的。所以，家长会那天，是我去了。”

“哦，原来是这样……那后来呢？”

“老师出的作文题目是‘你将来想成为怎样的人’，全体学生都写了。弟弟的题目是‘一碗阳春面’，一听这题目，我就知道是写的北海亭面馆的事。弟弟这家伙，怎么把这种难为情的事写出来，当时我这么想着。”

“作文写的是，父亲死于交通事故，留下一大笔债。母亲每天从早到晚拼命工作，我去送早报和晚报……弟弟全写了出来。接着又写，十二月三十一日的晚上，母子三人吃一碗阳春面，非常好吃……三个人只买一碗阳春面，面馆的叔叔阿姨还是很热情地接待我们，谢谢我们，还祝福我们过个好年。听到这声音，弟弟的心中不由得喊着：不能失败，要努力，要好好活着！因此，弟弟长大成人后，想开一家日本第一的面馆，也要对顾客说，努力吧，祝你幸福，谢谢。弟弟大声地朗读着作文……”此刻，柜台里竖着耳朵，全神贯注听母子三人说话的老板和老板娘不见了。在柜台后面，只见他们两人面对面地蹲着，一条毛巾，各执一端，正在擦着夺眶而出的眼泪。

“作文朗读完后，老师说，‘今天淳君的哥哥代替他母亲来参加我们的家长会，现在我们请他来说几句话……’”

“这时哥哥为什么……”弟弟疑惑地望着哥哥。

“因为突然被叫上去说话，一开始，我什么也说不出……诸君一直和我弟弟很要好，在此，我谢谢大家。弟弟每天做晚饭，放弃了俱乐部的活动，中途回家，我做哥哥的，感到很难为情。刚才，弟弟的《一碗阳春面》刚开始朗读的时候，我感到很丢脸，但是，当我看到弟弟激动地大声朗读时，我心里更感到羞愧，这时我想，决不能忘记母亲买一碗阳春面的勇气，兄弟们，齐心合力，为保护我们的母亲而努力吧！从今以后，请大家更好地和我弟弟做朋友。我就说这些……”母子三人，静静地，互相握着手，良久。继而又欢快地笑了起来。和去年相比，像是完全变了模样。

作为年夜饭的阳春面吃完了，付了三百元。

“承蒙款待。”母子三人深深地低头道谢，走出了店门。

“谢谢，祝你们过个好年！”

老板和老板娘大声向他们祝福，目送他们远去……

又是一年的大年夜降临了。北海亭面馆里，晚上九点一过，二号桌上又摆上了预约席的牌子，等待着母子三人的到来。可是，这一天始终没有看到他们三人的身影。

一年，又是一年，二号桌始终默默地等待着。可母子三人还是没有出现。

北海亭面馆因为生意越来越兴隆，店内重新进行了装修。桌子、椅子都换了新的，可二号桌却依然如故，老板夫妇不但没感到不协调，反而把二号桌安放在店堂的中央。“为什么把这张旧桌子放在店堂中央？”有的顾客感到奇怪。

于是，老板夫妇就把“一碗阳春面”的故事告诉他们。并说，看到这张桌子，就是对自己的激励。而且，说不定哪天那母子三人还会来，这个时候，还想用这张桌子来迎接他们。

就这样，关于二号桌的故事，使二号桌成了幸福的桌子。顾客们到处传颂着，有人特意从老远的地方赶来，有女学生，也有年轻的情侣，都要到二号桌吃一碗阳春面。二号桌也因此名声大振。

时光流逝，年复一年。这一年的大年夜又来到了。

这时，北海亭面馆已经是这条街商会的主要成员，大年夜这天，亲如家人的朋友、近邻、同行，结束了一天的工作后，都来到北海亭，在北海亭吃了过年面，听着除夕夜的钟声，然后亲朋好友聚集起来，一起到附近神社去烧香磕头，以求神明保佑。这种情形，已经有五六年了。今年的大年夜当然也不例外。九点半一过，以鱼店老板夫妇捧着装满生鱼片的大盘子进来为信号，平时的街坊好友三十多人，也都带着酒菜，陆陆续续地会集到北海亭。店里的气氛一下子热闹起来。

知道二号桌由来的朋友们，嘴里没说什么，可心里都在想着，今年二号桌也许又要空等了吧？那块预约席的牌子，早已悄悄地放在了二号桌上。

狭窄的座席之间，客人们一点一点地移动着身子坐下，有人还招呼着迟到的朋友。吃着面，喝着酒，互相夹着菜。有人到柜台里去帮忙，有人随意打开冰箱拿东西。什么廉价出售的生意啦，海水浴的艳闻趣事啦，什么添了孙子的事啦。十点半时，北海亭里的热闹气氛达到了顶点。就在这时，店门被咯吱咯吱地拉开了。人们都向门口望去，屋子里突然静了下来。

两位西装笔挺、手臂上搭着大衣的青年走了进来。这时，大伙才都松了口气，随着轻轻的叹息声，店里又恢复了刚才的热闹。

“真不凑巧，店里已经坐满了。”老板娘面带歉意地说。

就在拒绝两位青年的时候，一个身穿和服的女人，深深低着头走了进来，站在两位青年的中间。店里的人们，一下子都屏住了呼吸，耳朵也都竖了起来。

“呃……三碗阳春面，可以吗？”穿和服的女人平静地说。

听到这话，老板娘的脸色一下子变了。十几年前留在脑海中的母子三人的印象，和眼前这三人的形象重叠起来了。

老板娘指着三位来客，目光和正在柜台里忙碌的丈夫的目光撞到一处。

“啊，啊……孩子他爹……”

面对着不知所措的老板娘，青年中的一位开口了。

“我们就是十四前的大年夜，母子三人共吃一碗阳春面的顾客。那时，就是这一碗阳春面的鼓励，使我们三人同心合力，度过了艰难的岁月。这以后，我们搬到母亲的老家滋贺县去了。”

“我今年通过了医生的国家考试，现在在京都的大学医院当实习医生。明年四月，我将到札幌的综合医院工作。还没有开面馆的弟弟，现在在京都的银行里工作。我和弟弟商量，计划着生平第一次的奢侈行动。就这样，今天我们母子三人，特意到札幌的北海亭来拜访，想要麻烦你们煮三碗阳春面。”

边听边点头的老板夫妇，泪珠一串串地掉下来。

坐在靠近门口的蔬菜店老板，嘴里含着一口面听着，直到这时，才把面咽了下去，站起身来。

“喂喂！老板娘，你呆站在那里干什么？这十几年的每一个大年夜，你不是都为等待他们的到来做好了准备吗？快，快请他们入座，快！”被蔬菜店老板用肩头一撞，老板娘才清醒过来。

“欢……欢迎，请……请坐……孩子他爹，二号桌阳春面三碗——”

“好咧——阳春面三碗——”泪流满面的丈夫差点应不出声来。

店里，突然爆发出一阵不约而同的欢呼声和鼓掌声。

店外，刚才还在纷纷扬扬飘着的雪花，此刻也停了。皑皑白雪映着明净的窗子，那写着“北海亭”的布帘子，在正月的清风中，摇着，飘着……

迟到的告别

琴台

1918 年 3 月的一个清晨，里昂火车站迎来一辆从德国开来的战俘列车，一个叫瑞克的男子胡子拉碴地从车厢里走出来。在那些蓦然重逢、抱头痛哭的人群中间，瑞克显得呆滞而又沉默，他四肢虽然完好地存在着，可名字却上了重度伤残名单。

给他做过检查的医生都十分沉重，这个貌似健全的男人永远也做不了父亲了。不仅如此，他好像还患上了失忆症，不知道自己的家在哪里，也说不出任何亲人的名字。

医院在报纸上刊登了瑞克的大幅照片，想通过媒体来帮助这个可怜的男人寻找亲人。很快，全国各地有很多人涌来——失去儿子的母亲、丧失手足的兄弟、与丈夫离散的妻子。

很多人来了又走了，留下来的是两个女人。其中一个容貌姣好，留着长长的黄色鬈发，穿着白色的拖地长裙，她自称是瑞克的未婚妻，并带来一张瑞克的照片佐证。医生看看照片中那个英俊幸福的男人，再看看眼前呆若木鸡的瑞克，一时无法评判。另一个女人年长了几岁，她左手拖着一个三四岁的脏兮兮的男孩儿，右手怀抱着一个两岁左右的女孩儿，流着泪站在病床前絮絮叨叨地讲述了自己丈夫如何在两年前上了前线一直未归的事实。

医生将两个伤心的女人领到外面。他们从瑞克突然的眼泪中看到了希望，这两个女人中，肯定有一个是他的爱人。

他们反复翻看那个年轻女人带来的照片，就在几乎马上就要确认的时候，护士忽然跑了出来，附在医生耳边说了两句话。医生一愣，他缓缓地将手里的照片还给那个漂亮干净的女士，转而拥抱两个孩子的母亲："瑞克说，你是他的妻子。"那个女人一把抱住自己的孩子，痛哭起来。

年轻的女人流着泪伤心地走了。几天后，沉默的瑞克和两个孩子，还有妻子，去了法国另外一座城市——巴黎。在那里，不仅有国家配给他们的新房子，每个月瑞克还有很优厚的残疾军人抚恤金，足够这个四口之家安逸地生活。

一战过去不久，法国的经济很快复苏了。10年后，一个民意调查机构准备调查一战中那些伤残军人如今的生活状况，他们在巴黎一个乡下小镇上找到了瑞克。

让人们惊讶的是，和资料描述不同的是，这个残疾的男人并没有和妻子孩子生活在一起，而是独自生活在一所干净的房子里，以养花卖花为生。当他们知道瑞克很早就和妻子离了婚，并把80%的伤残抚恤金分给了妻子和孩子后，纷纷愤怒地谴责那个无情的女人。

可瑞克却微笑着制止了大家。他接下来讲出的事实，让所有人错愕万分。原来，他并不是那个女人的丈夫。这个事实，在他跟着那个女人回家的那一刻，他们彼此心里都明白。而另一个哭着离开的年轻女人，才真的是他的未婚妻。

瑞克静静看着怒放的花圃，“其实我也没得什么失忆症，当初的沉默，只是因为接受不了身体残疾的事实。”

“那为什么你会选择那个陌生的女人？”调查人员匪夷所思地望着他。

瑞克轻轻叹出一口气，“战争之后，民不聊生，这样的情况下，当我看到那个丈夫已经战死在前线而又生活无着的女人，立刻就对她和她的孩子充满了同情。其实我已经是一个绝望的人，那一刻，我却突然觉得自己还可以成为一个有用的人，那就是用自己的伤残抚恤金来帮助这个冒名顶替的女人和那两个孩子渡过难关。至于我的未婚妻，从她衣服上可以看出，她的生活还过得去，最重要的是，这个无辜的女人应该有崭新的生活。所以，我宁愿让她相信，未婚夫已经死了，也不要成为她的包袱。”

一切都按照瑞克预料的那样，失去丈夫的女人和孩子们再也不用为衣食去奔波和担忧。这个时候，瑞克向那个女人敞开了心扉，说服她接受离婚的事实，并将自己80%的伤残抚恤金，以抚养费的名义赠送给了这个不幸的家庭。然后，瑞克离开了巴黎，来到这个小镇做了一个花农。

瑞克的事迹深深打动了民意调查机构的那些人，他们准备宣扬这个沉默的英雄事迹，却被瑞克制止了。“不过是一场迟到的告别，我不想再去打扰他们的生活。”说着，瑞克向花丛深处走去，最终消失在一片浓郁的芬芳中。

用我的眼睛去看世界

李名燕　唐惠忠

门口响起了钥匙在锁孔里转动的声音，先生回来了。他没有像往常一样地一进门就喊："妞妞，妞妞，我回来了！饿死了！吃什么呀？"他坐在沙发里发呆，我喊了他几声，他没有反应。我走过去一看，他神情黯然地委顿在沙发的一角，衣服上血迹斑斑。我大吃一惊，忙问："发生什么事情了？"他摇摇头说："没什么，下班前处理了一个交通事故，心情不好。你先吃饭吧，回头跟你说。""你呢？""我不想吃。"

这可是没有过的事情。先生是个交通警察，在事故科工作已经五六年了，对于生离死别、阴阳两隔，用他自己的话说是已经有些麻木了；不用说他，就连我，对那些卷宗里血淋淋的照片都已经有些漠然。他的办公室常有悲悲切切的人来哭诉，他却总能在复议时做到不掺杂感情。我是个爱哭的女人，偏偏先生对于眼泪早已有了职业的免疫力。他说要是每个事故他都要为逝者陪眼泪的话，他早就活不下去了，但是今天不同，他分明是掉过泪了。

接下来的这个故事就来自于我的先生，一个交警的口述。

我是在四点零三分接到指挥中心的报告：在解放路距离交通指挥信号灯四百米处，有一辆桑塔纳和一辆载货卡车发生猛烈的追尾碰撞事故。因为事故发生地点离我们很近，我和小王很快就赶到了现场，等我们到的时候，救护车还没来，我们就赶紧救人。肇事车的司机早已不知去向，车门洞开，追尾车里有两个人，一男一女，男的血流满面，样子很恐怖，恐怕是被眼镜片扎伤了双眼；女的看起来还好，正和过路的人一起把受伤的男人往外抱。由于猛烈的碰撞，桑塔纳的车头严重变形，男人被卡在驾驶位上，估计是腿断了，不能动弹。我叫小王先把女人送往医院救治，女人不肯，只是发疯似的抱住男人的上半身。我和小王拿来撬杠，总算把男人弄出来了。

这时我发现女人的嘴角溢出血来，唇色苍白。凭我的经验，这恐怕不是什么好征兆。去医院的路上，刚好碰上下班高峰，路有些堵，女人坐在后座上抱着那个男人，男人痛苦地呻吟着，两个人的手指紧紧地纠结在一起。女人的嘴角不断地有血沫涌出，顺着下巴往下滴在男人的衣服上。她紧紧地抿住嘴，泪不停地往下掉，却什么也没有说，脸上的神色有痛苦也有不舍。

医院的急救人员早已在大门口待命，就在医护人员抱着男人往外抬的时候，女人一头栽倒在水泥地上，大口大口的鲜血从她的嘴里涌出来。我和小王立刻去抱她起来，我可以断定她肯定是肋骨断裂，并且已经刺伤了内脏。她这样的伤势却还能挺到这里，我不得不为人的潜能的张力叹服。她有些神志不清了，一把捏住我的手，说了一句话："亲爱的，用我的眼睛去看世界。"我的鼻子一酸，落泪了。两个人都被推进去了，我叮嘱小王通知家属，办理手续，我立刻驱车赶回现场勘察。

现场满地的玻璃和车身上散落下来的碎片，以及斑斑的血迹说明了这个事故的惨烈。经现场勘察，我发现事故有些蹊跷。从刹车印和碰撞的痕迹来看，这个事故有着不平常的地方。第一，一般来说，追尾事故车头受损位置应该在右边，也就是副驾驶室的位置，因为司机往往是最先觉察危险的人，出于保护自己的本能会往左打方向，以减少事故对自己的伤害，但是这辆车的碰撞位置是中间偏左，致使驾驶位受损严重。这种情况只会发生在来不及避让的情况下，但是从长长的刹车印来看，他完全有时间避险。第二，刹车印和散落的碎片的分布位置说明男人在前车刹车灯未正常工作而停止的时候，他已经本能地往左打了方向，但是他最后还是往右打了方向，把自己撞了上去。而后几个现场的目击者证实了我的推断。这只能说明一个问题：男人先是出于本能往左边打了方向，以期避开危险，但是，他立刻意识到，这样做会伤害到身边这个女人，于是，他又猛烈地往右打方向，试图把女人往生的方向推一把。但是人的反应速度根本及不上车速，在他还没有完全打过方向之前，车已经撞到了。据我刚才在医院门口见到的一幕，恐怕事情没有男人想象得那么乐观。这个女人恐怕已经知道自己不能生还，可能她那时候就是紧紧抿住嘴不让翻涌的血喷出来吧。

这时小王打来电话，女的刚死，男的还在抢救。女的是因为折了的肋骨刺穿了肺还有脾脏破裂引发的大出血。男的双眼扎伤，肋骨断了一根，双腿也折了。院方正考虑根据女人的遗愿，把角膜移植给幸存者。

先生说完了，看着我："我从来没有遇到过这样的事故，这让我对人有了新的认识。"

我的眼睛湿了。

我没有亲临现场，也无法去探究什么是真相，但是，我真的被他们两个人身上所折射出来的人性光芒所折服。人在危难的时候，愿意把生的希望留给别人，这就是我们现在最缺少的也是人性中最为动人的闪光。当我们被世俗一点一点磨去高尚，幸好世上还有美好来提醒我们，还有无私来打动我们，爱情的伟大和高贵让我们本已麻木的心得到一点温暖的阳光。我不知道，男人是否能用他爱人的眼睛把这个世界照亮？

哥，我是小贝

妩媚儿

父母不是亲的，是养父母，她跟着他们的时候，已经六岁，什么都记得。

她六岁那年的清明节，父母回乡下老家给爷爷奶奶上坟，再也没能回来。他们乘坐的客车出了车祸，父母一同遇难。

六岁，她尚且不能阅读人生苦难，只是为父母的不再归来任性哭闹。十四岁的哥哥董小宝——一个已经和父亲差不多高的倔强少年，紧紧地把她箍在怀里，不哭，不闹，只是紧紧地箍着她，直到她哭累了，在他怀里睡去。

父母的丧事，包括养父在内的一些同事帮忙着料理了，她不再哭闹，但总是追在董小宝后面要爸爸妈妈。她不爱吃董小宝做的半生不熟的饭，不喜欢董小宝洗完后皱皱巴巴的衣服，不喜欢董小宝给她梳得乱七八糟的小辫儿……

那天晚上，很晚了，她不肯睡，爬起来又一次扯着董小宝喊："我要妈妈！"

董小宝忽然把她从被子里面拉出来，用力握住她小小的肩膀："妈妈死了，别再找她了，他们都死了，不会再回来了！"

董小宝的声音很大，大到让她因害怕而住了口。然后，几乎是在一刹那，她明白了她的爸爸妈妈不会再回来，知道了她的世界里，从此只剩下董小宝一个亲人。

董小宝猛然扑在床上，号啕大哭。那是父母离开后，她第一次听到他哭。

这次反倒是她没有哭，然后，她慢慢俯下身去，趴在董小宝的背上，用她的小手，紧紧抱住了他的身体——和父母一样温暖的身体。

她开始像依赖父母那样依赖董小宝：上学，她要他送；放学，他一定得来接。

董小宝读书的中学离家远些，每天上午，董小宝骑着单车一路风驰电掣，赶到她的学校门口，总是满头大汗。然后她就牵住董小宝的衣襟再也不松开。她一声一声地叫着哥，不再哭闹和任性——小小的她从来就没有对他说过，从她知道父母真的不再回来的一刹那，她的内心就被一种恐惧填满，她害怕有一天董小宝也会离开她。

那种恐惧感，让一个六岁的小女孩变得乖巧顺从。可是她怎么都没想到，尽管如此，董小宝最终还是抛弃了她。

那天是周末，一大早，董小宝破天荒地用了半个多小时耐心地给她扎了两个小辫子，给她穿上不知道什么时候为她买的白色连衣裙。然后，他带她去了公园，并坐了她眼馋了许久的那个旋转木马。他还买了她爱吃的冰糕，把零食塞满她的小背包……

那天，巨大的幸福感让她丧失了一个孩子的警惕，她欢快地在那一天忘记了父母忘记了恐惧。吃饱了，玩累了，她趴在小宝的背上睡熟了。

可是，第二天早上醒来的时候，她躺在别人家的床上，而小宝，已经不见了。

那个她一直叫婶婶的邻居告诉她：小宝出去打工了。从此，她就和他们一起生活。虽然她知道叔叔婶婶是父母生前的好朋友，但是当她明白过来的时候，一种比失去父母时更大的绝望瞬间淹没了她小小的心——在给予了她一整天幸福的假象后，小宝抛弃了她。她认定，她被小宝卖了。然后，他拿着卖她的钱跑了，不要她了。

知道小宝和父母一样不会再回来后，她迅速地接受了彻底被改变的生活。那种迅速，长大后她知道那是一种悲伤的妥协。

她主动学习做家务，洗自己的衣服；她知道这不是她的家，他们不是她的亲人，在小宝离去后，她已经彻底丧失了一切撒娇和任性的权利。她又有了一个哥哥，那男孩大她一岁，很顽皮，有时候会偷偷欺负她。

好在养父母是疼爱她的，会在她每一年长高的时候，为她添置新衣，好吃的也总会为她留下。她对他们，有爱，但更多的是感激。可是成长，在年少的时光里，总是显得如此漫长。

养母又一次提起董小宝时，她已经十一岁，读小学四年级。

那天晚上，她帮着养母缠毛线，缠着缠着，养母忽然说："这些年了，你不想小宝？那时候他那么小，怎么养活你？"

她紧闭着嘴不说话。是的，她不想他。她想起来心里就是恨，恨的感觉很不好，她宁可不想。于是她说："妈，别说他。"

养母叹了口气，还想说几句，但她已经放下毛线转身进了自己的小屋。

没错，她恨他，她不怕跟着他过艰苦的日子，哪怕不读书，和他一起去讨饭。但是他击碎了她最后的幻想，带走了她对最后一个亲人的依赖——那是对她来说彻底不留任何余地的摧毁。为此，她不能原谅。

十六岁，她以全校第一名的成绩考入高中，大她一岁的哥哥在读高二。

一年后，哥哥面临高考时，养父下岗了，在菜市场租了个摊位卖青菜。那天晚上，她做功课累了，到客厅喝水时，听见隔壁养父母的卧室里，哥对养母说："妈，我不管，反正我得上大学。"

"不行！小贝成绩比你好，她能考上好大学。"养父的声音不大，但是很坚决。

"哪有那么多钱供你们两个？"是养母的声音。

哥还在嘀咕着什么，她已经退回到自己的屋子。什么都不想再听，她在那一刻打定主意，让哥去上大学，她读完高中就出去找工作。在最后的亲人把她抛弃后，他们给她的，已经太多。她不想他们再为她付出更多。

可惜哥的高考成绩非常不理想，没考上大学，于是哥与养父关于复读的问题又开始争吵，但是养父的态度依然坚决——小贝必须上大学。

她同样坚决："我不考，我决定了。"

正争执不下，养母从厨房走出来说："小贝，你必须考，你知道吗？小宝已经给你攒够了学费，你必须上大学，别辜负了他，他不容易。"

她愣住了。

十一年后，她终于第一次让自己重新在记忆里寻回了董小宝这个名字。

养父母告诉她：当年，小宝自知十四岁的自己根本没有能力照顾六岁的妹妹，于是决定自己外出打工自食其力，而将妹妹托付给他们。他把房子卖了，将一点可怜的钱交给了养父母，他知道他们是好人，会好好照顾她爱护她。离家的那天清晨，他看着仍在熟睡中的妹妹流着眼泪郑重承诺："婶，我一定会混出个人样来，那时候一定回来接妹妹！"

"从你读小学四年级开始，小宝他每个月都会寄钱来，我们都给你攒下了。是爸爸妈妈没本事，这些年，让你跟着我们受委屈了……"养母再也说不下去，握着她的手，哭了。

这些年他在哪里？如何生活……她的心里一下被太多的问题

噎得满满的，那些问题一点点填补着她心里那个深深的黑洞，随之而来的，是巨大的被亲人所爱的幸福感。原来小宝从来没有抛弃她，原来他一直在爱她，以她当年所无法理解的方式。

可是他为什么不回来看自己？他不是说过要来接自己吗？

钱，寄自广州，没有具体的地址。邮戳上的邮局地址甚至也是不固定的。她下定决心：一定要到广州找到他！

一年后，她考上了大学，去了那个有凤凰花的城市。可是，在偌大的广州找一个人，简直就是大海捞针。这期间，小宝依然将她的学费寄回老家。

大学毕业了，她留在了广州，找到了份推销保险的工作，为的就是利用一切机会寻找他。

就在她近乎绝望的时候，她竟然在网上看到了一组新闻照片：一个窄小的书报亭前，一个瘦弱的男子用嘴叼着工具，用仅有的一只手在修理自行车……当目光落在那个男子的面部特写上时，她有瞬间的眩晕感，进而血脉贲张——那不是董小宝是谁？！没错，他的目光依然那么清澈，他眉角的神情依然那么清晰！

当她看完整篇新闻时几乎心痛得无法呼吸了：那个她恨了十多年的董小宝，早就在十九岁时在建筑工地打工时因机器操作失误失去了一只手，从此辗转街头，四处流浪，想方设法谋生：捡破烂，卖报纸，发广告传单……直到三年前开了这个简易的书报亭，一边卖书报，一边修理自行车，他乐观生活的唯一动力就是妹妹……

当她出现在董小宝的报刊亭前时，董小宝正忙着给一辆自行车换胎：嘴里叼着扳手，右手将车胎定位，锁紧，然后把扳手从口中交付给右手，这一切，董小宝做得相当熟练。细密的汗珠在他粗糙的脸上小河一样流淌着，却看不出他有任何愁苦。读着他脸上的淡定、从容，甚至隐约的笑意，她仿佛穿越时光隧道回到了十八年前，那个抱着她坐旋转木马的十四岁少年正向她缓慢走来。

“姑娘，你……”她良久的沉默引起了董小宝的疑惑，当他将询问的目光投向她时，他愣住了：眼前亭亭玉立一袭白色连衣裙的女孩正泪流满面凝视着他！

“你……你……”此刻，他的眼前迅速幻化出一个个渐渐放大的在梦中无数次出现过的白衣少女的形象……

“哥！我是小贝……”

弟弟，天堂里可有大学？

上善若水

在我三岁那年，父亲患了一场重病，没挨多久便去世了。那一年，弟弟两岁，母亲从此没再嫁。

六岁的时候，母亲将我和弟弟一起送进了小学。从此，我和他形影不离。初中、高中，始终在一个年级，一个班，我们总是相互鼓励、共同进步。

1994 年夏天，家里同时收到了两份大学录取通知书。全村都炸开了锅，我们一家人更是高兴得手舞足蹈。可是没兴奋多久，母亲便犯愁了。近万元的学费，对于我家来说，无疑是个天文数字。母亲卖了家里所有的猪、鸡、粮食，又翻山越岭东家西家去借，直到报到前几天，才凑了四千多块。

一天夜里，母亲把我和弟弟叫到一起，还没开口眼泪就流了出来："娃儿啊，你们双双考上大学我很高兴，可是，家里这个经济能力，即使娘去卖血，也只能供你们一个人去念书了……"

我和弟弟在一旁静静地听着，默不作声。许久，弟弟低声地说："姐姐去。"我看了看弟弟，他的脸涨得红彤彤的，一副义无反顾的模样。母亲用衣袖擦了擦眼泪，没有作声。

我对母亲说："还是让弟弟去吧，我终是要嫁出去的。"我知道自己说这话有多么言不由衷。上大学是我们农村孩子的唯一出路，我做梦都想跳出"农"门。

弟弟说："还是你去吧！我在家里多少算个劳动力，还能够帮娘下地干活，好供你读书。如果我去了，你们两个在家能够供我吗？"

争论了很久，还是没有决定。那个夜晚，外面很静，静得可以听见屋内每个人在床上辗转反侧的声音。

第二天，弟弟很早就起了床，他站在堂屋里说："娘，还是让姐姐去吧，她上了大学，将来才可以嫁个好人家。"声音不大，却足以让屋里的每个人听得流泪。

我和母亲起床后，在桌上发现了一堆纸末——是弟弟的录取通知书，已经被撕得粉碎。他帮全家人做了一个最后的决定。

送我上火车的时候，母亲和我都哭了，只有弟弟笑呵呵地说："姐，你一定要好好读书啊！"听他那话，好像他倒比我大几岁似的。

1995年，一场罕见的蝗灾席卷了故乡，粮食颗粒无收。弟弟写信给我，说要到南方去打工。

弟弟跟着别人去了广州。刚开始，工作不好找，他就去码头做苦力，帮人扛麻袋和箱包。后来在一家打火机厂找了份工作，因为是计件工资，按劳取酬，弟弟每天都要工作十几个小时，这是后来和他一同去打工的老乡回来告诉我们的。弟弟给我写信从来都是报喜不报忧。

每个月，弟弟都会准时寄钱到学校，给我做生活费。后来干脆要我办了张牡丹卡，他直接把钱存到卡上去。每次从卡里提钱出来，我都会感觉到一种温暖，也对当初自己的自私心存愧疚和自责。

弟弟出去后的第一个春节，他没有回家，提前写信回来告诉我们，说春节车票不太好买，打工返乡的人又多，懒得挤，而且春节的时候生意比较忙，收入也会相对高一点。我知道，他哪里是懒得挤车，他是想多省点钱，多挣些钱，好供我读书啊！

弟弟后来又去了一家机床厂，说那边工资高一点。我提醒他："听说机床厂很容易出事的，你千万要小心一些。等我念完大学参加工作了，你就去报考成人高考，然后我挣钱供你读书。"

大学终于顺利毕业了，我很快就在城里找了份舒适的工作。弟弟打来长途电话祝贺我，并叮嘱我要好好工作。我让弟弟辞职回家复习功课，准备参加今年的成人高考，弟弟却说我刚参加工作收入肯定不多，他想再干半年，多挣一些钱才回去。我要求弟弟立即辞职，但弟弟坚持自己的意见，最后我不得不妥协。

我做梦都没想到，我的这次妥协却要了弟弟的命。

弟弟出事时，我正在办公室整理文件，电话铃响了，一口广东腔，隐隐约约听得出那边问我："你是黎兵的姐姐吗？"

“是，你有什么事吗？”

“你弟弟出事了。请你们马上过来一趟。”

我的脑袋“嗡”地一下就大了。赶忙问出了什么事，那边说，由于机床控制失灵，黎兵被齿轮轧去了上身半边，正在医院抢救。

我和母亲连夜坐火车赶赴广州。当我们踉踉跄跄地闯进医院时，负责照顾弟弟的工友告诉我们，弟弟已经抢救无效，离开人世了。母亲当时就晕倒在地上。

在医院的停尸房见到了弟弟的遗体。左边肩膀、胸部连同手臂已经不在了，黑瘦的脸部因为痛苦而严重变了形，那种惨状让人几度晕厥。

弟弟生前的同事告诉我们，在医院抢救之际，弟弟还要我们千万别通知家人，他说不想让我们担心。

清理弟弟的遗物时，在抽屉里发现了两份人身意外伤亡保险，受益人分别是母亲和我。

母亲拿着保险单呼天抢地：“兵娃啊，娘不要你的钱，娘要这么多钱干啥啊！娘要你回来！你回来啊……”

还有一封已经贴好邮票的信，是写给我的：姐，就快要过春节了，已经三年没有回家，真的很想念你们。现在，你终于毕业参加工作了，我也可以解甲归田了……

弟弟走了很久，我和母亲都无法从悲痛中走出来。不知道天堂有没有成人高考，但是每年，我都会给弟弟烧一些高考资料去，我想让他在天堂里上大学。

我的母亲独一无二

[法] 罗曼·加里

1

战斗打响的那一天，我母亲坐着出租汽车走了五个小时，来向我告别，并用她的话祝愿我“空中百战百胜”。当时我正在法国南部沙龙·戴省的空军学院任射击教导员。母亲在一群军人们好奇的目光下，拄着手杖，叼着香烟，从那个扁鼻子的老式雷诺尔车里走出来。

我慢慢地走向母亲，在这个男子汉的圈子中，母亲的突然造访使我很窘；而在这块天地里，我经过千辛万苦才赢得了勇敢，甚至鲁莽、爱冒险的名声。母亲用一种大得足以使在场的每个人都听得见的嗓音宣布：“你将成为第二个盖纳梅。你的母亲一贯正确！”

我听到了身后传来的哄堂大笑。母亲抓起手杖，对着大笑的人群做了一个威胁的手势，又发出了一个鼓舞人心的预言：“你将会成为一名伟大的英雄，勇敢的将军，法兰西共和国的大使！这群乌合之众根本不了解你。”

当我用愤怒的耳语告诉她，她正在损坏我在空军士兵中的声誉时，她的嘴唇开始颤抖，目光中流露出自尊心受了刺伤的样子。“你的老母亲会害你吗？！”她说。

这一招算灵了——我好不容易装出的铁石心肠被击破了。我用胳膊搂住她的肩膀，紧紧地抱着她，再也听不见身后的笑声了。在母亲对孩子的喃喃细语中，在她预示的未来的胜利、伟大的功绩、正义和爱开始降临时，我们俩又回到了那个我们自己的神奇世界中。我满怀信心地抬起头，望着天空——如此空荡，如此宽阔的蓝天啊，足以让我在这里建立丰功伟绩。我想到了当我凯旋回到母亲身边的那一天。我盼望着那一天，这将给她那十几年含辛茹苦、自我牺牲的生活带来何等重要的意义，何等大的安慰啊。

2

那年我刚十三岁，和母亲在法国东南部的耐斯城。每天早上我去上学，妈妈一人留在旅馆里。她在那儿租了一个售货柜，柜架子上摆着从附近的几个大商店借来的一些奢侈品和日常用品。她从每一件卖出的围巾、皮带、指甲刀或毛线衫中得到百分之十的佣金。白天，除了在我回家吃午饭时她休息两个小时，其余时间她都守在售货柜前，时刻注意找寻可能光临的顾客。我们母子俩就靠着这个赚钱不多、朝不保夕的小生意过日子。

母亲孤零零地居住在法国，没有丈夫，也没有朋友、亲戚。十多年来，她顽强地不停地干活，挣来钱买面包、黄油，付房租，交学费，买衣服和鞋帽等。除此之外，她每天都能拿出点令人吃惊的东西。例如：午饭时，她面带幸福、自豪的微笑，把一盘牛排摆在我的面前，好像这盘肉象征着她战胜厄运的胜利。

她从来不吃这些肉，一再说自己是素食者，不能吃动物脂肪。然而有一天，我离开饭桌到厨房里找点水喝，发现母亲坐在凳子上，煎肉锅放在腿上，正仔细地用小块碎面包擦那煎给我牛排用的油锅。发现我时，她急忙将锅底藏在餐巾底下，可是已经来不及了……现在我明白了她成为素食者的真正原因。

3

母亲渴望我“成为一个某某大人物”。尽管我屡遭失败，她总是相信我会成功的。

“在学校里的情况如何？”她有时问我。

“数学得了零分。”

母亲总是停顿一会儿。

“你的老师不了解你，”她坚决地说，“将来有一天他们会后悔的。你的名字将要用金字刻在他们那个鬼学校的墙上的，这一天会来到的。明天我就去学校，把这些话告诉他们。我还要给他们读读你最近写的几首诗。你将来会成为达农佐尔，成为维克多・雨果。他们根本不了解你！”

母亲干完活儿回来后，常常坐在椅子上，点上烟，两腿交叉着，脸上挂着会意的微笑望着我。然后她的目光越过我的肩膀，望向远方，憧憬着某种神秘而美好的前景，而这个前景只在她的奇妙世界里才能看到。

“你会成为一名法国大使。”她说，更准确点，她深信不疑地声明。我一点也不明白这句话是什么意思。

“行啊。”我漫不经心地说。

“你还会有小汽车。”

母亲常常空着肚子，在结冰的气温下步行回家。

“但是目前还要忍耐。”她说。

4

我十六岁时，母亲成了耐斯市美尔蒙旅馆兼膳宿公寓的女经理。她每天早上六点起床，喝一杯茶后，拿着手杖，到布筏市场购货。她总是拎一包水果和鲜花回来，然后走进厨房，取出菜谱，会见商人，检查酒窖，算账，照应生意中的每一件细微小事。

从楼上的餐厅到楼下的厨房，她一天至少要上下二十趟。一天，她刚爬完这些可咒的楼梯就瘫在椅子上了，脸色苍白，嘴唇发灰。我们很幸运，马上就找来了医生。医生做出了诊断，她摄取了过多的胰岛素。直到这时我才知道母亲多年来一直对我隐瞒着的疾病——糖尿病。每天早上开始工作之前，她先给自己注射一剂胰岛素。

我完全惊呆了，吓呆了。我永远也忘不了她那苍白的面容，她的头疲劳地歪向一边，她痛苦地用手抓挠胸口。

她期待我成功，而在我实现她的期待之前，她可能就死了，她可能没来得及享受正义和儿子的爱就离开人间，这念头对我来说太荒唐了，荒唐得像是否定了人间最基本的常识。

只有对我的美好前途的憧憬支撑着她活下去。为了给她那荒唐的美梦至少加一点真实的色彩，我只能含羞忍辱，继续与时间竞争。

一九三八年我被征入空军。宣战的那天，母亲乘着雷诺尔车来向我告别。那天她拄着手杖，庄严地检阅了我们的空军武器装备。“所有飞机都有露天的飞机座舱，”母亲注意到，“记住，你的嗓子很娇气。”

我忍不住告诉她，如果卢浮瓦佛飞机只使我嗓子痛的话，我该庆幸我的好运气。她笑了，高傲地、几乎嘲讽地望了我一眼。“灾祸不会降临在你的头上的。”她十分平静地告诉我。

她显出了信心十足的样子，似乎早就知道了这些，好像她已经和命运女神签订好了合同，好像为了补偿她那历尽辛苦的生活，她已经得到了某种保证、某种承诺。

“是的，不会降临在我头上的，妈妈。我答应您不会的。”

她犹豫了一下，脸上显出内心的纠结。最后，她做出了点让步说："大概，你腿上会负点轻伤的。"

5

德国进攻的前几个星期，我接到一封电报说："母病重！速返！"第二天，很早我就到达了耐斯市，找到了圣•安东尼门诊所。母亲的头深深地陷在枕头里，消瘦深陷的脸颊上带着一丝痛苦、忧虑的表情。床头柜上架着一个一九三二年我赢得耐斯市乒乓球冠军时得的银质奖章。

"你身边需要一个女人。"她说。

"所有的男人都需要。"

"是的，"她说，"但是，对你来说，没有女人照料，你会比别人生活得更糟糕。唉，这都是我的过错。"

我们一起玩牌的时候，她不时目光专注地盯着我，脸上还带着一丝狡黠的样子。我知道她又要编造点新花样了。但是，我不去猜她心里想着什么。我确信一个小花样正在她的脑子里酝酿。

我的假期要结束了。我真不知道如何描绘我们分别时的情景。我们俩都没讲话，但是我装出一副笑脸，不再哭泣，或说些别的话。

"好啦，再见吧。"我微笑着亲吻了母亲。只有她才清楚，我做了多大努力才做出了这个微笑。因为，和我一样，她也在微笑。

"不要为我担心，我已经是一匹老战马了，一直支撑着活到今天，还能再继续一段时间。摘下你的帽子。"

我摘下了帽子，她用手指在我的前额上画了一个十字，说："我给了你我对你的祝福。”我走向门口，又转过身来。我们互相望了许久，都在微笑，都没说话。我觉得很平静。她的勇气传给了我，并且从那时起一直留在我身上，甚至到现在。

6

巴黎失陷后，我被派到英国皇家空军。刚到英国就接到了母亲的信。这些信是由在瑞士的一个朋友秘密地转到伦敦，送到我手中的，封皮上写着：“由戴高乐将军转交。”

直到胜利前夕，这些无日期的信好像无休无止一直跟随着转战各国，源源不断地送到我手里。三年多来，母亲说话的气息通过信纸传到我的身上，我被一种比我自身强得多的意志控制着，支撑着——这是一根空间生命线，她用一颗比我自己更勇敢的心灵把她的勇气输入我的血液。

“我光荣、可爱的儿子，”母亲这样写道，“我们怀着无比爱慕和感激的心情，在报纸上读到了你的英雄事迹。在科隆、汉堡、不来梅的上空，你展开的双翅将使敌人丧魂落魄。”

我一下子就猜到她心里在想什么——每当英国皇家空军袭击一个目标的时候，我一定在参战。她能从每一次的炮火轰鸣中听出我的声音。每次交战我都被派去，因为我的出现会使敌人心惊胆战，不战自溃。每次英国战斗机打下一架德国飞机，她都很自然地把这份功劳归于我。布筏市场周围的小巷中传颂着我的功绩。毕竟她了解我，知道我得过一九三二年耐斯市乒乓球冠军。

她的来信越来越简短了，净是用铅笔匆忙写出的。有时，一次来四五封信。她说她的身体很好，还在定时打胰岛素。

“我的光荣的儿子，我为你感到自豪……法兰西万岁！”信中从未流露出丝毫忧虑不安的痕迹，但是最近的几封信流露出一种新的悲伤的调子，“亲爱的孩子，我请求你不要过多地挂念我，不要为我而变得胆怯。要勇敢。记住，你不再需要我了，你现在是一个堂堂的男子汉了，你能够独立生活了。早点结婚。不要过多地怀念我。我身体很好，老罗沙夫医生对我很满意。他让我向你问好。要坚强。我请求你，勇敢点。你的母亲。”

我的心情很沉重，感到有点不对劲，可是信中没有说出了什么事。我真正关心的只有一件事：她还活在世上，我还能见到她。我要与时间竞争，早日把荣誉带到她的身边，这个愿望在我心中一天比一天更强烈。

同盟军在欧洲大陆登陆时，我从家乡寄来的信中感到一种快乐安宁的情绪，似乎母亲已经知道胜利即将来临。信中流露出一种特别的温情，还时常夹杂着一些我不能理解的歉意。

“我亲爱的儿子，我们已经分离了这么多年了，我希望你已经习惯了身边没有我这个老母亲的生活。话说回来，我毕竟不能永远活在世上。记住，我对你从未有过丝毫的怀疑。我希望你回家明白这一切之后，能原谅我。我不得不这样做。”

她做了什么事需要我的宽恕？我绞尽脑汁也想不出来。

7

巴黎快解放了，我准备坐飞机在法国南部跳伞，去执行一项与秘密抵抗组织联络的任务。我一路匆匆忙忙，急躁得浑身热血沸腾。除了想早点回到母亲身边，其他的我什么都不想了。

现在我要回家了，胸前佩着醒目的绿黑两色的解放十字绶带，上面挂着战争十字勋章和五六枚我终生难忘的勋章，我的黑色战服的肩上还佩戴着军官肩章，帽子斜向一边戴着。由于我面部麻痹，脸上露出一种异常的刚毅。我写了一部小说，挎包里装着法文和英文版本。

这时候，我深深陶醉在希望、青春和确信中。

对我来说，再往下继续我的回忆是异常痛苦的。因此，我要尽快结束它。到达旅馆时，我发现没有一个人问候我，跟我打招呼。我询问的那些人说他们隐隐约约记得几年前有一个古怪的俄国老太太管理这个旅馆。但是他们从来没有见到过她。原来，我母亲在三年零六个月前就已经离开人间了。但是她知道我需要她，需要她给我勇气，因此在她死前的几天中，她写了近二百五十封信，把这些信交给她在瑞士的朋友，请这个朋友定时寄给我。当我们在圣·安东尼门诊所最后一次见面时，我看到她眼中闪着天真狡黠的目光。毫无疑问，这些信就是她当时算计的新花样。

就这样，在母亲死后的三年半的时间里，我一直从她身上汲取着力量和勇气——使我能够继续战斗到胜利那一天所需要的力量和勇气。

爱你，用我的全心全意

那一刻，我的心里突然间涌动着
一种从来没有过的异样感觉，
后来我知道，那叫幸福。

未捅破的秘密

马德

父亲是个搓澡工。

我已经很大了，也没有人喊我的大名，只是说，他啊，是搓澡工家的小子，学习不赖。即便是在夸我，我也会远远地走开。

记得有一年夏天的晚上，我在用水冲凉澡，父亲说："小子，来，我给你搓搓背！"

我不冷不热地说："你给别人搓去吧，我用不着你搓。"说完后，我把剩余的水一下子兜头浇下来，一转身，就进屋去了。黑暗中，只剩下父亲一个人，呆呆地站在那里。

我为有这样一个父亲而感到丢脸。

上初中的时候，语文老师曾经出过一个《我的父亲》的作文题目，同学们都写了很多。整整一节课，我却只写了几行字，我不知道怎么去写这个每星期都到城里为人家搓澡的父亲。语文老师问我的作文为什么仅仅写了那么几行字，我始终沉默着，一句话也不说。这样的父亲，没什么可写的。

然而，没有料到的是，我快上高中的时候，父亲便不再去城里了。隐约听他说，好像要和别人一块儿去做买卖，便辞去了为别人搓澡的活儿。我说不出是高兴，还是解脱，总之似乎一下子轻松了许多。其实，父亲还不知道，我原本不打算去上高中了，因为高中就在城里，我不想让同学们知道我是搓澡工的儿子，更怕哪一天，突然在大街上看到他。既然他不去了，我便开始筹划上高中的事情。报到的那一天，父亲说，我去送送你吧，我说不用了，父亲便不作声，默默地在一边帮我拾掇行李。就在我跨上自行车的那一刻，他一下抓住车把，颇有些坚决地说："你没出过门，还是让我送你去吧。"我一口回绝了父亲，连头也没回就走了。父亲一个人，在坡上望了我许久。

上高中的那一段日子是快乐的。父亲终于不再是一个搓澡工了，每次月末回家的时候，我都会看到父亲和母亲在家里等我回来。我兴高采烈地给他们讲学校里发生的事情，看得出来，父母也为我在学校取得的成绩而自豪着。

上高三的那年冬天，有一天我回到家已经很晚了，只有母亲一个人在家。我问，父亲呢？母亲说，出去好几天了，还没有回来，我便有些怅然。睡到后半夜的时候，听到院里沉闷的咳嗽声，是父亲回来了。父亲的棉帽子上挂着白白的霜，像圣诞老人一样。推门进来，他便笑眯眯地冲着我说："小子，看，给你买来了啥。"说完后，父亲便从挎包里倒出几本书来，我一看，竟然是一整套的《高中各科复习综合训练》。我翻着崭新的书，心里有说不出的高兴。

父亲抚摸着我的头，不断地重复着：“好好学吧，好好学吧。”

那一刻，我的心里突然间涌动着一种从来没有过的异样感觉，后来我知道，那叫幸福。

高中毕业后，我考上了大学。然后，又分配到另一座城市。一次，我见到了读初中时的语文老师。他说：“你还不知道吧，你父亲为你付出了多少。”见我愣在那里，他接着说，“那年，我把你那次作文课的情况告诉你父亲后，他便以做买卖为名，偷偷地躲着你和别人，到邻县的澡堂里搓澡去了。为了不让你知道，估摸你什么时候回家，他就提前等在家里，就连你们村里的人，也不知道你父亲那几年到底在忙什么……”

此后，我理解了父亲，也知道了我的虚荣给父亲带来了什么。是的，父亲没有别的手艺，为了养家，他有的只是劳作和承受。

后来，我一直没有问过父亲这件事，我不想把它捅破，我想珍藏起来，用一生的时间去体味其中的辛酸。前些日子，我洗澡，父亲正坐在沙发上看电视，我说：“爸爸，给我搓搓背吧。”

就在父亲给我搓背的那一刹那，不知怎的，我竟哭了，而父亲也泪流满面……

我们是彼此最爱恋的宝贝

连谏

四十岁的时候，他才有了我。按照家乡的风俗，要给左邻右舍送染得红艳的蛋。他兴致勃勃地去市场上买来很多光亮饱满的鸡蛋，自己在家里煮，然后用廉价的颜料，将每一个鸡蛋都染得漂亮光鲜。

妈妈说，他是起早提了一百个鸡蛋，去周围的几栋楼上送的。挨家挨户地敲门，在别人陌生疏离的目光里，极骄傲极响亮地说："我生了个宝贝千金，六斤六两，早晨六点，最吉利的时候呢！"但还是有人在他转身离去的时候，说："不过是一个收破烂的，说不定这女孩子将来也承继他的事业呢。"这样的话，他从来都是很快地忘掉。事实上，他是太兴奋了，甚至在路上碰到抱了孩子的母亲，也会凑上前去，呵呵傻笑说："我们家千金也是这么漂亮呢！"许多人看着他因为长期收拾破烂而皴裂枯败的手，常常不等他走近，就抱了孩子远远躲开去。他并不恼，脸上依然堆着笑，顺便将人家刚刚丢给他的矿泉水瓶捡起，哼着曲子笑着赶回家去看他襁褓中的宝贝。

我长到六岁的时候，开始喜欢跟着他，在这个城市里四处转悠。那些炫目斑斓的彩灯，让人觉得无法呼吸的高耸的楼房，穿着细高跟鞋“嗒嗒”走来走去的女子，宾馆里要小心才不会滑倒的光亮的地板，比他买给我的糖块，还要温暖诱人。尽管我可以从口袋里漫不经心地剥一块糖丢进嘴里，而这些诱惑着我的东西，却始终装在透明的盒子里，任我怎么努力，也无法打开来将它们取出。

他每天用三轮车载着我，穿行在这个城市的马路上，高声地吆喝着。常常有路人开玩笑，说：“这个小孩子也是你捡来的吗？”他一向很温和，但唯独这句话，总会让他急。偶尔他还会很大声地与人争吵，说：“这是我自己亲生的宝贝女儿，凭什么说是捡来的？！”路人看他这么较真儿，便笑笑，嘟囔一句：“你做爷爷还差不多，这么老。”

我那时是个野丫头，且被他宠坏了，什么人都不怕。看到别人欺负他，就会跳下车去，跟人辩论，说：“我爸爸才不老呢！他最有劲了，可以一口气扛几十个大包，将几个人打倒！”他在一旁听了，常会和路人一起哈哈大笑起来。我知道他的笑里，全是对我的爱恋。再没有什么，能让那一刻的他，那样快乐，骄傲无比。

十岁的时候，我突然开始有了小小的自私，再不愿与他出去。那时他开始开电动三轮车，前面放个高音的喇叭，是我的童声，毫不客气地一遍遍大喊："收破烂啦！"车突突地开过去，许多人便回头笑看着指点。我终于知道那笑容里，其实更多的，是对我和他的同情。而同情，再往前走一步，就是嘲弄吧。

他依然是不在乎的，事实上，他除了我，对什么都不放在心上。哪怕在外面被街头混混掀翻了车子，将喇叭摔得几乎不能出声，还把他的秤杆藏到一大堆破烂里，他都不在意。在这样的欺负里，他没有哀伤，只要回到家，我就跑上来对他高喊："爸爸，有没有好东西给宝贝？"我是他的宝贝，从来都是。他每次都会给我捡回好玩的东西，有时是一条掉色的项链，他擦干净了，给我佩戴在脖子上。有时是一个淡紫色的气球，他用力吹到最大，扎了口，而后"砰"地一声拍到半空去，看我笑跳着去抢。妈妈总说："不要这么宠她，宠坏了怕是连你也要凶。"他便笑："宝贝生下来不就是让我宠的吗？"

有一次在放学的时候，远远地看他走过来，身边的一个同学便喊："韩小丫，你爷爷来了！"我看他飞快地将三轮车开过来，知道他要载我回家，突然有些难过。第一次觉得他的老，他的卑微，原来会让我的生活，如此尴尬和落魄。那天我是在同学的嬉笑里，从小路逃回家去的。慢慢滋生的敏感与自私，就这样，让我开始逃离他无处不在的宠爱。

他知道我不再喜欢跟着他到处乱跑，也不勉强，但还是怕爱玩的我寂寞，就买回来一只大狗。它很瘦，弱不禁风的样子，我便给它起名"大壮"。周末的时候，牵着它四处游逛。它跟我很快就熟悉了起来，但是对他，一脸的警惕，对他捡回来的骨头，也是爱答不理的模样。我知道是因为他很少来爱抚大壮，他宁肯回来后泡杯茶，翻看我的作文，也不愿逗它。我责问他，为什么不喜欢大壮。他便逗我，说：“大壮哪有宝贝好。”这句话，几乎成了他的口头禅，多得让我每次听到，都觉得，那不过是句玩笑。

但还是有一次，他让我知道，这句话原来并不只是他拿来逗我的口头禅。那天他又被两个地痞缠住，他微笑着说了一通好话，依然不能摆脱掉他们。恰恰我和大壮经过，看到他被地痞欺负，一车的废纸，都被掀翻在地。我看着那两个一脸凶恶的男人，突然想要逃走，被我牵着的大壮却一下子挣脱掉我，扑上去拼命地撕咬两个地痞，终于让他们惨叫着逃走。我走过去，悄无声息地帮他收拾满地的废纸。我以为他会责怪我，在他遇到困难的时候，我连大壮都不如，却听见他依然是那句，“谁都没有宝贝好。”我的眼泪，“刷”地一下子流出来。原来他的心里，除了爱，再没有别的东西。

我读大学那一年，他已接近六十岁，头发花白，手脚也不再利索。为了我的学费，他还是踩遍城市每一个有垃圾可寻的角落。重力气的活儿，再没有人找他去做，即便是他逞能，扛一百多斤重的大包给人看，但还是一次次被冷硬地拒绝了。废品回收站的人，便与他开玩笑，说：“老韩，你自己都快成废品了，还装年轻，再不爱惜自己，真累倒了可没人会疼你！”他便爽朗地大笑，说：“谁说没人疼，我家宝贝就会呢！”

我相信他说这句话的时候，心底一定都是温暖。虽然我一年才会回家一次，但想念本身，就已让他幸福。我那时候开始谈一场恋爱，小心翼翼地，不想让对方知道自己在城市里如此灰暗的家。男孩的父母，皆是城市的上层，有精英人士惯有的冷漠和客气。我站在他家照得见人影的地板上，突然觉得遗失了那个被人宠爱的自己。他们并不知道我的出身，不知道我有一个捡破烂的父亲，但我隐在骨子里的自卑，还是让他们窥见了我的秘密。终于有一次，男孩的母亲递过一杯饮料后，淡淡地问我："你父亲做什么的？"我低头看着手中那么熟悉的饮料瓶，想起他曾用这些塑料瓶子，给我制作过彩灯、存钱罐、可爱的小人儿，但是，他从没有品尝过里面的滋味。我慢慢喝下一口，终于在酸甜又略带了苦涩的味道里，抬起头，说："我爸爸，他将这样的瓶子收回去，卖钱供我读书……"

我最终和那个男孩分了手，尽管男孩坚持说不会介意，但我知道，他的父母会。我的父亲已在慢慢地老去，脊背也开始弯曲，站在我的面前，需要抬头才能看到他深爱的宝贝，所以我不愿让他被别人的视线，压得更低。

这件事，我始终没有向他提起过。因为他，我无法与别人一样，享有一段快乐平等的爱情。可是，也因为他，我拥有那样任性豪爽的年少时光。

大学毕业后，我找到一份安稳的工作，可以每月领到不薄的薪水。我用第一个月挣到的钱，去给他买一件早已看好的名牌衬衣。临到付钱的时候，导购小姐突然问我："你父亲胖吗？你最好打电话确认一下尺码，这样不会造成麻烦。"我随口接道："大约一百斤吧。"身旁的一群人，一下子笑起来，说，有这么瘦的男人吗？

我的脸，倏地红了。这是我第一次从别人的哄笑里，看到他的瘦弱和无助。是什么，让那个原本可以背着我一路小跑回家去的男人，这样快地老掉了？我的青春，如此逼人，而那个给了我生命与宠爱的男人，却是来不及等我爱他，就迅速老掉了。

不管我怎么说，他都舍不得在家里穿上我新买的衣服。他只是呵呵地笑着，说那句我习以为常的口头禅，“谁都没有我们宝贝好”。但这句话说完，却没有像往昔那样，给我絮叨听过即忘的琐事，却是很奇怪地拿着衣服走出去，发动三轮车出了门。

妈妈说：“你爸近来越来越糊涂了，真的是老了，不是刚收破烂回来吗，怎么又出去？”

我在妈妈的吩咐里，到马路上找他回来。刚出了小巷，便听见一声声苍老却底气十足的喊声：“收破烂啦！”我站在梧桐树下，看见他开着空车，很卖力地高喊着。他的身上，穿着我给他买的名牌衬衣。那么瘦，似乎整个人，都套在里面。他的下身，依然是短裤，脚上，穿着快要断裂的凉拖。名牌的衣服，没有让他高贵，反而尽显出他的滑稽和寒酸。

我就这样看着他快乐地开着三轮车，在马路上高喊。遇到有人要卖废纸，却并不停下来，而是一昂头，高傲地开过去。我终于在他溢得满地都是的幸福里知道，不管他如何地老去、黯淡，不管我怎样地耀眼、光鲜，我们都将是彼此最爱恋的宝贝。

梅花毛线衣

毛汉珍

十八岁那年，他因为行凶伤人，被判了六年。从他入狱那天起，就没人来看过他。母亲守寡，含辛茹苦地养大他，想不到他刚刚高中毕业，就发生这样的事情，让母亲伤透了心。他理解母亲，母亲有理由恨他。

入狱那年冬天，他收到了一件毛线衣，毛线衣的下角绣着一朵梅花，梅花上别着窄窄的字条：好好改造，妈指望着你养老呢。这张字条，让一向坚强的他泪流满面。这是母亲亲手织的毛线衣，一针一线，都是那么熟悉。母亲曾对他说，一个人要像寒冬的蜡梅，越是困苦，越要开出娇艳的花朵来。

以后的四年里，母亲仍旧没来看过他，但每年冬天，她都寄来毛线衣，还有那张字条。为了早一天出去，他努力改造，争取减刑。果然，就在第五个年头，他被提前释放了。

背着一个简单的包裹，里面是他所有的财物——五件毛线衣，他回到了家。家门挂着大锁，大锁已经生锈了。屋顶，也长出了一尺高的茅草。他感到疑惑，母亲去哪儿了？转身找到邻居，邻居诧异地看着他，问他不是还有一年才回来吗？他摇头，问："我妈呢？"

邻居低下头，说她走了。他的头上像响起一个炸雷，不可能！母亲才四十多岁，怎么会走了？冬天他还收到了她的毛线衣，看到了她留下的字条。

邻居摇头，带他到祖坟。一个新堆出的土丘出现在他的眼前。他红着眼，脑子里一片空白。半晌，他问妈妈是怎么走的。邻居说因为他行凶伤人，母亲借了债替伤者治疗。他进监狱后，母亲便搬到离家两百多里的爆竹厂做工，常年不回来。那几件毛线衣，母亲怕他担心，总是托人带回家，由邻居转寄。就在去年春节，工厂加班加点生产爆竹，不慎失火。整个工厂爆炸，里面有十几个做工的外地人，还有来帮忙的老板全家人，都死了。其中，就有他的母亲。

邻居说着，叹了口气，说自己家里还有一件毛线衣呢，预备今年冬天给他寄出去。

在母亲的坟前，他捶胸顿足，痛哭不已。全都怪他，是他害死了母亲，他真是个不孝子！他真该下地狱！

第二天，他把老屋卖掉，背着装了六件毛线衣的包裹远走他乡，到外地闯荡。

时间过得很快，一晃四年过去了。他在城市立足，开一家小饭馆，不久，娶了一个朴实的女孩做妻子。

小饭馆的生意很好，因为物美价廉，因为他的谦和和妻子的热情。每天早晨，三四点钟他就早早起来去采购，直到天亮才把所需要的蔬菜、鲜肉拉回家。没有雇人手，两个人忙得像陀螺。常常，因为缺乏睡眠，他的眼睛红红的。

不久，一个推着三轮车的老人来到他门前。她驼背，走路一跛一跛的，用手比画着，想为他提供蔬菜和鲜肉，绝对新鲜，价格还便宜。老人是个哑巴，脸上满是灰尘，额角和眼边的几块疤痕让她看上去面目丑陋。妻子不同意，老人的样子，看上去实在不舒服。可他却不顾妻子的反对，答应下来。不知怎的，眼前的老人让他突然想起了母亲。

老人很讲信用，每次应他要求运来的蔬菜果然都是新鲜的。于是，每天早晨六点钟，满满一三轮车的菜准时送到他的饭馆门前。他偶尔也请老人吃碗面，老人吃得很慢，很享受的样子。他心里酸酸的，对老人说，她每天都可以在这儿吃碗面。老人笑了，一跛一跛地走过来。他看着她，不知怎的，又想起了母亲，突然有一种想哭的冲动。

一晃，两年又过去了，他的饭馆成了酒楼，他也有了一笔数目可观的积蓄，买了房子。可为他送菜的，依旧是那个老人。

又过了半个月，突然有一天，他在门前等了很久，却一直等不到老人。时间已经过了一个小时，老人还没有来。他没有她的联系方式，无奈，只好让工人去买菜。两小时后，工人拉回了菜，仔细看看，他心里有了疙瘩，这车菜远远比不上老人送的菜。老人送来的菜全经过精心挑选，几乎没有干叶子，棵棵都清爽。

只是，从那天后，老人再未出现。

春节就要到了，他包着饺子，突然对妻子说想给老人送去一碗，顺便看看她发生了什么事。怎么一个星期都没有送菜？这可是从没有过的事。妻子点头。

煮了饺子，他拎着，反复打听一个跛脚的送菜老人，终于在离他酒楼两个街道的胡同里，打听到她了。

他敲了半天门，无人应答。门虚掩着，他顺手推开。昏暗狭小的屋子里，老人在床上躺着，骨瘦如柴。老人看到他，诧异地睁大眼，想坐起来，却无能为力。他把饺子放到床边，问老人是不是病了。老人张张嘴，想说什么，却没说出来。他坐下来，打量这间小屋子，突然，墙上的几张照片让他吃惊地张大嘴巴。竟然是他和妈妈的合影！他五岁时，十岁时，十七岁时……墙角，一只用旧布包着的包袱，包袱皮上，绣着一朵梅花。

他转过头，呆呆地看着老人，问她是谁。老人怔怔地，突然脱口而出："儿啊。"

他彻底惊呆了！眼前的老人，不是哑巴？为他送了两年菜的老人，是他的母亲？

那沙哑的声音分明如此熟悉，不是他母亲又能是谁？他呆愣愣地，突然上前，一把抱住母亲，号啕痛哭，母子俩的眼泪沾到了一起。

不知哭了多久，他先抬起头，哽咽着说看到了母亲的坟，以为她去世了，所以才离开家。母亲擦擦眼泪，说是她让邻居这么做的。她做工的爆竹厂发生爆炸，她侥幸活下来，却毁了容，瘸了腿。看看自己的模样，想想儿子进过监狱，家里又穷，以后他一定连媳妇都娶不上。为了不拖累他，她想出了这个主意，说自己去世，让他远走他乡，在异地生根，娶妻生子。

得知他离开了家乡，她回到村子。辗转打听，才知道他来到了这个城市。她以捡破烂为生，寻找他四年，终于在这家小饭馆里找到他。她欣喜若狂，看着儿子忙碌，她又感到心痛。为了每天见到儿子，帮他减轻负担，她开始替他买菜，一买就是两年。可现在，她的腿脚不利索，下不了床了，所以，再不能为他送菜。

他眼眶里含着热泪，没等母亲说完，背起母亲拎起包袱就走。

他一直背着母亲，他不知道，自己的家离母亲的住处竟如此近。他走了没二十分钟，就将母亲背回家里。

母亲，在他的新居里住了三天。三天，她对他说了很多。她说他入狱那会儿，她差点儿去见他父亲。可想想儿子还没出狱，不能走，就又留了下来！他出了狱，她又想着儿子还没成家立业，还是不能走；看到儿子成了家，又想着还没见孙子，就又留了下来……她说这些时，脸上一直带着笑。他也跟母亲说了许多，但他始终没有告诉母亲：当年他之所以砍人，是因为有人污辱她，用最下流的语言。在这个世界上，怎样骂他打他，他都能忍受，但决不能忍受有人污辱他的母亲。

三天后，她安然去世。医生看着悲恸欲绝的他，轻声说：“她的骨癌看上去得有十多年了。能活到现在，几乎是个奇迹。所以，你不用太伤心了。”

他呆呆地抬起头，母亲，居然患了骨癌？！

打开那个包袱，里面整整齐齐地叠着崭新的毛线衣，有婴儿的，有妻子的，有自己的，一件又一件，每一件上都绣着一朵鲜红的梅花。

包袱最下面，是一张诊断书：骨癌。时间是他入狱后的第二年。

他的手颤抖着，心里像插了把刀，一剜一剜地痛。

情 债

王者归来

我从不在别人面前主动提起他。在我心里，一直觉得有一个懦弱无能的父亲并不是一件让人自豪的事情。

很小的时候，我和父亲之间曾经有过一段非常快乐的日子。那时候，他总是早出晚归，每天忙忙碌碌，见不到踪影，每晚都在我睡下之后才会回来。第二天一大早，我就像和他约好了一样，很默契地跑到客厅的柜子里，伸出胖胖的小手掏啊掏。有时掏出来一盒巧克力，有时掏出的是一包饼干或是两根被压得皱巴巴的香蕉。每天我都像寻宝一样从柜子里面掏出各种各样我喜欢吃的东西，然后双手捧在胸前，大口大口吃起来。有时他会站在一旁，斜靠在门框上抽烟，默默地望着我。有时他也会走过来，轻轻把我嘴边的食物残渣擦去，然后抱着我到外面去洗手。

他只是工厂里一个普通的工人，沉默寡言，喜欢喝两口小酒，过着不咸不淡的日子。有时候，他会骑着自行车带着我在公路上遛弯儿，见到熟人之后就扯着嗓子告诉人家：“这是我儿子！”

他终究不是闲得住的人，于是在我四岁那年他在工作之余做起了自己的小生意。而他从来就没有想过自己是否有经商的才能，短短几年的时间就把家里的积蓄全都赔了进去，不仅如此，他还欠下了不少的债务。从那时起，我童年的噩梦便开始了，我和他之间也渐渐地筑起一道看不见的高墙。

那时候，几乎每天夜里他和母亲两人之间都会爆发出激烈的争吵、申斥、怒喝，夹杂着母亲的哭泣声，像是一个挥之不去的梦魇紧紧缠绕着我。我常常躲在被子里，假装酣睡，却整夜整夜提心吊胆地竖起耳朵听他们争吵。那时候，债主上门讨债简直成了家常便饭。从那时开始，我再也没有去客厅的柜子里掏过东西，也再没有叫过他爸爸。

在学校里我很少说话，我也很懂事地不向他们要这要那，贫穷而耻辱的痕迹深深地烙在了我的生命里。同学们的任何活动我都不愿意参加，也没钱参加。别人跟着父母四处游玩的时候，我已经学会用谎言和债主进行周旋了。从那时起我就觉得他欠我的，而且欠了我很多。

他又回到工厂里一心一意地上班了。我高中毕业那年，他终于还清了自己的债务。可家里也被他折腾得一分钱都没有了，所有的亲戚都被他的不停借钱吓得躲得远远的，我自然也没机会继续上学了。当他告诉我要送我去修车铺当学徒的时候，母亲哭着捶打他，骂他没用，他挥手打了母亲一巴掌，两个人厮打了起来。

我重重关上门，红着双眼走了出去。我知道他又欠了我一次。

修车铺的活又苦又累，满屋子汽油柴油的味道让人恶心得直想吐，唯一的好处就是可以睡在铺子里，不用回家面对他。我当学徒不久，他所在的工厂开始大量裁员，他也下了岗。下岗之后的他整日躲在屋子里喝酒睡觉，母亲也懒得骂他，偶尔回家的时候，只能听见母亲近似绝望的叹息声。

我终于再也忍受不了修车铺又脏又累的活了，开始想方设法地改变自己的生活。渐渐地，我和社会上的一群混混儿混到了一起。我们四处偷电缆、汽车零件，卖成现金之后再胡乱挥霍。常在河边走，难免不湿鞋。没过多久，我们几个便因为盗窃被抓到了拘留所里，不仅要交罚款，而且还要找人取保。

我不知道他从哪里凑齐的罚款，只是默默地跟他走出了拘留所。刚走出拘留所的大门，他猛地转过身，扬起手狠狠地打了我一耳光。“你有什么权利打我，你尽到了什么义务？这些年你管我什么了？我上学借了多少次学费你知道吗？我遭了多少白眼你知道吗？我受了多少委屈你知道吗？”我大声吼道。他再次抡起来的拳头僵在半空里，狠狠地瞪着我，胸口剧烈地起伏着，却什么也没有说出来。我也恶狠狠地瞪着他，手指的关节在咯咯作响。

对视良久，他突然长叹一声，转身走开了，留下一路凄冷的背影……

从那之后，他像换了一个人似的，开始四处寻找工作。没有合适的工作，打短工他也干，只要是赚钱他就干。我在家里躺了没几天，修车铺的老板就派人来叫我回去。我知道一定是他低三下四地跟人家求情了，想起他那唯唯诺诺的样子我就觉得厌恶。为了离开这个家，我连想都没想就立刻回到了修车铺。走过了弯路之后，我很珍惜这次机会，开始尽心尽力、踏踏实实地干起活来。老板也渐渐喜欢上了我，不久之后就把我调到了他另一个规模更大的修车铺。

工作越来越忙，我也很少回家了。其实，和艰苦的工作相比，我更不愿意面对他。偶尔通过母亲知道他干得不太顺手，有时候还会受气，不知道为什么心里忽然有种幸灾乐祸的感觉。

几年之后，在朋友们的帮助下，我开了自己的汽车修理铺，生意还不错，日子也越来越有起色。他也老了，不能像年轻时那样对着我大吼大叫了。我们之间也不像以前那样僵持着了，偶尔也说些无关痛痒的话。他似乎不记得当年发生在我们之间的不快了，可我却一刻也没有忘记，一笔一笔都记在心里。不久之后，我有了女朋友，而且到了谈婚论嫁的地步，开始商量着买房。他拿出了全部的积蓄，并且主动提出要去给我排号买房。母亲劝他，上了年纪就不要去了，他却执意要去。我没说话，因为在心里，我一直觉得他是欠着我的，这一切就权当他给我还债了。

他排了整整一夜的队才买到了房号。母亲说从那晚开始，他就患上了风湿，每天都疼得龇牙咧嘴的。他却笑着说没事没事，这哪里是什么风湿，不过是上了年纪不中用罢了。说着，他紧张地看着我，我漠然地转过头，避开他的目光。屋子里的气氛有些尴尬，等我走出房间的时候，听到里面传出一声低低的叹息。

两个月后，我和未婚妻在酒店举行了订婚仪式。他那天酒喝得很多，也很失态，话很多，多得让人有些厌烦。我只好开着车送他和母亲回去。

没想到回到家之后，他吐得更厉害了，嘴里还含糊不清地说着什么。我转身要走，母亲喊住了我："给你爸倒杯水去！"我刚想找托词，忽然发现母亲脸色很不好看，冷冷地瞪着我，我只好生生把话咽了下去，转身到厨房里倒了一杯开水走了进来。

当我走进卧室的时候，他正挣扎着坐起来，从腰里拿出一个油腻腻的塑料袋递给母亲。他醉眼蒙眬地看了看窗外，异常神秘地对母亲说道："快，快把孩子叫醒，我给他带……带好吃的回来了！"我的脑海里"轰"的一声全乱了，端着水杯呆呆地站在门外。母亲接过他手里的塑料袋，转身站起来恰好看见了我，我呆呆地望着她，竟不知说什么好。"你爸喝糊涂了，他以为你还是小孩子呢。"母亲拎着油腻腻的袋子，坐了下来，一边轻轻摩挲着他苍老的面庞，一边说了起来："你可能不记得了，你小时候他只要去吃点儿好东西，就会偷偷给你带回来。你吃的时候，他自己就躲在外面看，一边看还一边傻笑。"说着，母亲转过头来看着我，继续说道："你出生那年，为了能让你喝上进口奶粉，他放假的时候就在采石场给人扛石头，一百多斤重的大石头啊，一不小心就能把自己砸坏了。那些日子我就这么提心吊胆地为他担心。你爸这人又懒又馋，可他为了你什么苦都吃过。你想吃好的，他下班之后就到家具厂去给人打工，满手都磨出了血泡。为了能让你将来能上个好学校，你四岁那年，他硬着头皮去做生意。还有那次你被拘留之后，他是跪着求修车铺的老板的，他这辈子除了父母只跪过这一次……”母亲哽咽着说不下去了，我的双眼慢慢蓄满了泪水。母亲叹息着走了出去，我连忙转过身，努力压抑着不让眼泪掉下来。

我静静地看着他的脸，胸口莫名地牵痛着。他额头上的伤疤是那次为了救落水的我留下的吧，他扑下水的时候没人知道他根本不会水；他的腿上有一片烫伤，那是为了替我挡跌落的热水壶留下的吧。他脸上的皱纹爬满了额角，他老了，我却平平安安地长大了。忽然之间，我觉得胸口一酸，泪水在眼眶中不停地打转。我轻轻给他盖上被子，悄悄走了出去。

这么多年以来，我一直以为他是欠着我的，他没能给我幸福的生活，没能给我金钱，没能给我地位，甚至没能给我完成学业的机会。可今天我才突然发现，我们之间的确有着千丝万缕的债务，不过，不是他欠我的，而是我欠他的。他给了我生命，给了我温暖，甚至为了我可以牺牲自己的尊严，却从来不向我邀功。也许在他眼里，这一切都是天经地义的，可这一切却是我一生还不完的情债。不过，我很庆幸自己欠下如此大的一笔债务，起码这证明了在这世界上，有人如此地爱着我。

从现在开始，我要还债，还他一生的债。

不顾一切的爱

佚名

那年，她十六岁，第一次喜欢上一个男生。

他不算高，斯斯文文的，但很喜欢踢足球，有着一副低沉的好嗓音，成绩很好，常是班上的第一名。虽然在当时，早恋已经不是什么大问题，女生追男生也不再是新闻，她更不是那种内向的女孩。但是她从来没有想过要向他表白，她只是觉得，能一直这样远远地欣赏他，就很好了。

那时，她常常为在路上碰到他，打声招呼高兴个半天，常常放学也不回去，而是上运动场一圈又一圈地慢跑，只为了看他踢球。她还学着叠幸运星，每天在那小纸条上写一句想对他说的话，叠成小幸运星，快乐地放在大瓶子里。她常常看着他想，像他那样的男生，应该是会喜欢那种温柔体贴的女孩吧，那种有着一头乌黑直直的长发，有着一双水汪汪的大眼睛，开心的时候会抿嘴一笑的女孩。

她的头发乌黑，但只短短的到耳际边；她有一双大眼睛，但常常因为大笑而眯成一条缝。她常常照着镜子想，如果有一天她成了那种女孩，他会不会喜欢上她？但想归想，她还是每个月都跑去理发店把稍微长长一点的头发剪短到耳际边，还是一遇到好笑的事情就哈哈大笑起来，笑得眼睛眯成一条缝。

她十九岁，考上一所不算很好但也不差的大学。他正常发挥，考去了另外一所城市的重点大学。她坐着火车离开这个生她养她的小城时，浮上心头的是她点点滴滴与他的回忆。

大学生活是以二十几天艰苦的军训生活拉开序幕的。晚上临睡前，其他女生都躲在被窝里偷偷打电话跟男友互诉相思之情，她好多次按完那几个熟悉的数字键，始终没有按下那个呼叫键。

十九年来，第一次知道什么叫思念，原来，思念是一种可以让人莫名其妙地掉下眼泪的力量。

四年的大学生活不算太长，活泼可爱的她身边从来不缺乏追求者，但她却选择单身。

好事者问起原因时，她总淡淡一笑，说："学业为重嘛。"她也确实在很努力地学习，只为了考他那所大学的研究生。四年来她的头发不断变长，她没有再剪短。一次老同学聚会时，大家看到她时都眼前一亮，一头乌黑直直的长发，水汪汪的大眼睛因恰到好处的眼影而更显光彩，白里透红的皮肤，时不时抿嘴一笑，同学们都认不出这是昔日的小活宝。

他见到她时也不禁心神一动，但当时他的手正挽着另一个女子的纤纤细腰。她看着他身边那个比自己更温柔妩媚的女子，很好地掩饰了心里的一丝失落，只淡淡对他一笑，说：“好久不见了。”

她二十二岁，以第一名的成绩考上了他那所大学的研究生。他没有继续考研，进了一家外资企业，工作出色，年薪很快就达到了六位数。她继续过着单调甚至枯燥的学生生活，并且坚持单身。

一次放假回家，一进门母亲就把她拉过一边，语重心长地说，女儿啊，读书是好事。但女人始终是要嫁人生子的，这才是归宿啊。她点了点头，进房间整理带回来的行李。先从箱子里拿出来的是一瓶满满的幸运星，摆在书架上。书架上一排幸运星的瓶子，都是满满的，刚好六瓶。

她二十五岁，凭着重点大学的硕士学历和优秀的成绩，很快就找到一份很好的工作，月薪上万。他这时已自己开公司，生意越做越大。第三间分公司开业的时候，他跟一个副市长的千金结婚了，双喜临门。

她出席了那场盛大的婚礼，听到旁边的人说起新郎年轻有为，一表人才，新娘家世显赫，留洋归来，貌美如花，真是一对璧人。她看着他春风得意的笑脸，心里竟也荡起一种幸福的感觉，莫名的感觉，仿佛他身边那个笑容如花的女子就是自己一样。

她二十六岁，嫁给了公司的一个同事，两个人从相识到结婚不到半年的时间，短到她都不知道两人是否恋爱过。他们的婚礼在她的极力要求下搞得很简单，只邀请了几个至亲好友。当晚她喝了很多酒，第一次喝那么多酒，没有醉，却吐得一塌糊涂。

她在洗手间看着镜子里那张在水汽蒸腾下逐渐模糊的脸，第一次有种想痛哭一场的冲动。但终于，她还是把妆补好后走出去继续扮演幸福新娘的角色。她的外套的衣袋里，有她早上仓促叠好的一颗幸运星，里面写着：今天，我嫁作他人妇了。可是我知道，我爱的是你。

她三十六岁，过着平静的小康生活。一日在街上巧遇一老同学，闲聊起他，竟得知他生意失败，沉重打击后终日流连酒吧，妻离子散。

她找了好几天，终于在一间小酒吧里找到了他。她没有骂他，只是递给他一本存折，那里面是她所有的积蓄，然后对他说，我相信你可以从头再来的。他打开存折，巨额的数字让他不可置信，那些所谓的亲朋好友在听到他说了“借钱”两个字后就冷眼相向、避而不见，她不过是一个快让他淡忘名字的老同学，却如此慷慨大方。她依旧淡淡一笑，说，朋友不是应该互相帮助的嘛。

当晚她的丈夫知道后，一个重重的巴掌立刻甩了过来，大吼道：“上百万一声不吭就全给了他，你是不是看上人家了！”

她被那巴掌击倒在地，没流泪也没说话，更没有回答她丈夫的质问。虽然她从来没有向别人承认过她爱他，但她也决不会向别人否认她爱他。

她四十岁，那年他的公司已经成为同行业里最具竞争力的几间大公司之一。那晚他带着两百万和他的公司的百分之十股份转让书到她家。她的丈夫一边乐呵呵地说，不必这么客气嘛，朋友之间互相帮助是应该的，一边在股份转让书上签下名字。她没说什么，只说了句，不如留下来吃顿饭。他没有不答应的理由。

饭菜端上来时，他惊讶地发现自己最爱吃的几样菜都有。但他抬头看到她一脸恬静地为丈夫和儿子夹菜时，心里一下释然，觉得是自己想多了。临走的时候他从口袋里拿出一张请柬，笑笑说："希望你们到时都可以来。"

她以为是他又有分公司开业，不以为意，接过随手放在沙发上。送走他转身回厨房洗碗的时候，突然听到她丈夫大声说："人一有钱就风流这句话果然没错啊。看你这个旧同学，这么快又娶第二个了。"她的手一颤，被一个破碗的缺口划了一下，血一下子涌了出来，一滴接一滴不停往下滴。她看着那片泛着微红的水，突然想起十五年前那个笑容如花的女子那身婚纱，似乎就是这个颜色。

她五十五岁，一天突然在家里昏倒，被送去医院。一番检查后，医生脸色沉重，要把她丈夫叫到一边说话。她毕竟是个聪明的女人。叫住医生，她很认真地问，"我还可以活几天？""三个月。"电影里的片段看得多了，没想到真应了人生如戏这句话。执意不肯住院，她回到家里开始为自己准备后事。一个人活了大半辈子，要交代的事多着呢。收到消息的亲朋好友也纷纷赶来见最后一面。

他是最后一个。她躺在床上，已经开始神志不清，但一看到他手上那颗幸运星，立刻清醒了过来，似是回光返照。

“这是给我的吗？”她指了指那颗幸运星，脸上竟露出一丝笑容。

他连忙回答：“啊，是。是啊。这是我带来给你的。”真是无心插柳，这不过是他刚出机场时碰到那个为红十字筹款的小女孩送的，他当时急着来见她，接过来时都没看清是什么东西就赶着上车了，一路握着也没发觉。

她接过那颗幸运星，紧握着放在胸前好一会儿不放。终于，她指了指旁边的桌子，那上面也放了一颗幸运星，那是她昨晚花了一个多小时才叠好的，她缓缓对他说道：“在我以前住的房子里，还有三十九罐幸运星。等我火化的时候，你把那些连同这两颗和我放在一起，好吗？”

他还没来得及回答，她已经合上眼睛，一脸安详。

火化那天，他按照她的遗愿把那些幸运星撒在她身上，三十九罐，不小心滚落一两颗在地也没人发现。他转身要走的时候，忽然发现地上还有两颗，便捡了起来。他想，算了，就当是留个纪念吧。

他六十五岁。一天，他戴着老花眼镜在花园里看书时，四岁的小孙子突然拿着两张小纸条，兴冲冲跑到他面前，嚷道：“爷爷，爷爷，教我识字。”他扶了扶眼镜，看清第一张小纸条上的字：

杰，你今天穿的那身蓝色球服很好看哦。还有，六这个数字我也很喜欢，呵呵。

他皱了皱眉，问孙子：“这两张小纸条你从哪里找来的？”

“这不是纸条啊，这是你放在书桌上那两颗小星星啊。我拆开它，就发现里面有字了哦！”

他一愣，再去看那第二张小纸条：

杰，有一种幸福是有一个能让你不顾一切去爱他一辈子的人。

有一种幸福是有一个能让你不顾一切去爱他一辈子的人。他念着，念着，泪流满面……

命运的死结

芦荻

一个个无情的误解，纷乱了幸福的脚步。

当命运的死结终于用代价打开，一切都为时已晚。

1

结婚两年后，先生跟我商量把婆婆从乡下接来安度晚年。先生很小的时候父亲就过世了，他是婆婆唯一的寄托。婆婆一个人抚养他长大，供他读完大学。“含辛茹苦”这四个字用在婆婆的身上，绝对不为过！我连连说好，马上给婆婆收拾出一间南向带阳台的房间，可以晒太阳，养花草什么的。先生站在阳光充足的房间，一句话没说，却突然举起我在房间里转圈，在我张牙舞爪地求饶时，先生说：“接咱妈去。”

先生身材高大，我喜欢贴着他的胸口，感觉娇小的身体随时可被他抓起来塞进口袋。当我和先生发生争执而又不肯屈服时，先生就把我举起来，在脑袋上方摇摇晃晃，一直到我吓得求饶。这种惊恐的快乐让我迷恋。

婆婆在乡下的习惯一时改不掉。我习惯买束鲜花摆在客厅里，婆婆后来实在忍不住了："你们娃娃就不知道节约吗？"

我笑着说："妈，家里有鲜花盛开，人的心情会好。"

婆婆低着头嘟哝，先生就笑："妈，这是城里人的习惯，慢慢地你就习惯了。"

婆婆不再说什么，但每次见我买了鲜花回来，依旧忍不住问花了多少钱，我说了，她就"啧啧"咂嘴。

有时，见我买大包小包的东西回家，她就问这个多少钱那个多少钱，我一一如实回答，她的嘴就咂得更响了。

先生拧着我的鼻子说："小傻瓜，你别告诉她真实价钱不就行了吗？"

2

婆婆最看不惯我先生起来做早餐。在她看来，大男人给老婆烧饭，哪有这个道理？早餐桌上，婆婆的脸经常阴着，我装作看不见。婆婆便把筷子弄得叮当乱响，这是她无声的抗议。

我在少年宫做舞蹈老师，跳来跳去已经够累的了，早晨暖洋洋的被窝，我不想扔掉这唯一的享受，于是，我对婆婆的抗议装聋作哑。婆婆偶尔帮我做一些家务，她一做我就更忙了。比如，她把垃圾袋通通收集起来，说等攒够了卖废塑料，搞得家里到处都是废塑料袋；她不舍得用洗洁精洗碗，为了不伤她的自尊，我只好偷偷再洗一遍。

一次，我晚上偷偷洗碗被婆婆看见了，她“啪”地一声摔上门，趴在自己的房间里放声大哭。先生左右为难，事后，先生一晚上没跟我说话，我撒娇，耍赖，他也不理我。我火了，问他：“我究竟哪里做错了？”

先生瞪着我说：“你就不能迁就一下，碗再不干净也吃不死人吧？”

后来，好长一段时间，婆婆不跟我说话，家里的气氛开始逐渐尴尬。那段日子，先生活得很累，不知道要先逗谁开心才好。

婆婆为了不让儿子做早餐，义无反顾地承担起烧早饭的“重任”。婆婆看着先生吃得快乐，再看看我，用眼神谴责我没有尽到做妻子的责任。为了逃避尴尬，我只好在上班的路上买包牛奶打发自己。睡觉时，先生有点生气地问我：“芦荻，是不是嫌弃我妈做饭不干净才不在家吃？”翻了一个身，他扔给我冷冷的脊背，任凭我委屈地流泪。最后，先生叹气，“芦荻，就当是为了我，你在家吃早餐行不行？”我只好回到尴尬的早餐桌上。

那天早晨，我喝着婆婆烧的稀饭，忽然一阵反胃，肚子里所有的东西都抢着向外奔跑，我拼命地压制着不让它们往上涌，但还是没压住，我扔下碗，冲进卫生间，吐得稀里哗啦。当我喘息着平定下来时，见婆婆夹杂着家乡话的抱怨和哭声，先生站在卫生间门口愤怒地望着我，我干张着嘴巴说不出话，我真的不是故意的。我和先生开始了第一次激烈的争吵，婆婆先是瞪着眼看我们，然后起身，蹒跚着出门去了。先生恨恨地瞅了我一眼，下楼追婆婆去了。

3

整整三天，先生没有回家，连电话都没有。我正气着，想想自从婆婆来后，我够委屈自己了，还要我怎么样？莫名其妙的，我总想呕吐，吃什么都没有胃口，加上乱七八糟的家事，心情差到了极点。后来，还是同事说："芦荻，你脸色很差，还是去医院看看吧。"

医院检查的结果是我怀孕了。我明白了那天早晨我为什么突然呕吐，幸福中夹着一丝幽怨：先生和作为过来人的婆婆，他们怎么就丝毫没有想到这点呢？

在医院门口，我看见了先生。仅仅三天没见，他憔悴了许多。我本想转身就走，但他的模样让我心疼，没忍住，我喊了他。先生循着声音看见了我，却好像不认识了，眼神里有一丝藏不住的厌恶，它们冰冷地刺伤了我。我跟自己说不要看他不要看他，伸手拦了一辆出租车。那时，我多想向先生大喊一声："亲爱的我要给你生宝贝了！"然后被他举起来，幸福地旋转。我希望的没有发生。在出租车里，我的眼泪才迟迟地落下来。为什么一场争吵就让爱情糟糕到这样的程度？回家后，我躺在床上想先生，想他满眼的厌恶。我握着被子的一角哭了。

夜里，家里有翻抽屉的声音。打开灯，我看见先生泪流满面的脸。他正在拿钱。我冷冷地看着他，一声不响。他对我视若不见，拿着存折和钱匆匆离开。或许先生是打算彻底离开我了。真是理智的男人，情与钱分得如此清楚。我冷笑了几下，眼泪“哗啦哗啦”地流下来。

第二天，我没去上班。想彻底清理一下自己的思绪，找先生好好谈一次，找到先生的公司，秘书有点奇怪地看着我说：“陈总的母亲出了车祸，正在医院里呢。”

我瞠目结舌。

飞奔到医院，找到先生时，婆婆已经去了。先生一直不看我，一脸僵硬。我望着婆婆干瘦苍白的脸，眼泪止不住：天哪！怎么会是这样？直到安葬了婆婆，先生也没跟我说一句话，甚至看我一眼都带着深深的厌恶。

关于车祸，我还是从别人嘴里了解到大概，婆婆出门后迷迷糊糊地向车站走，她想回老家，先生越追她走得越快，穿过马路时，一辆公交车迎面撞过来……

我终于明白了先生的厌恶，如果那天早晨我没有呕吐，如果我们没有争吵，如果……在他的心里，我是间接杀死他母亲的罪人。

先生默不作声地搬进了婆婆的房间，每晚回来都满身酒气。而我一直被愧疚和可怜的自尊压得喘不过气来。我想跟他解释，想跟他说我们快有孩子了，但看着他冰冷的眼神，又把所有的话都咽了回去。我宁愿先生打我一顿或者骂我一顿，虽然这一切事故都不是我的过错。

日子一天一天地窒息着重复下去，先生回家的时间越来越晚。我们僵持着，比陌路人还要尴尬。我是系在他心上的死结。

一次，我路过一家西餐厅，穿过透明的落地窗，我看见先生和一个年轻女孩面对面坐着，他轻轻地为女孩拢了拢头发，我就明白了一切。先是呆，然后我进了西餐厅，站在先生面前，死死盯着他看，眼里没有一滴泪。我什么也不想说，也无话可说。女孩看看我，看看我先生，站起来想走，我先生伸手按住她，然后，同样死死地，决不示弱地看着我。

我只能听见自己缓慢的心跳，一下一下跳动在濒临死亡般的苍白边缘。

输了的是我，如果再站下去，我会和肚子里的孩子一起倒下。

那一夜，先生没回家，他用这样的方式让我明白：随着婆婆的去世，我们的爱情也死了。先生再也没有回来。有时，我下班回来，看见衣橱被动过了——先生回来拿了自己的东西。我不想给他打电话，原先还有试图向他解释一番的念头，如今一切都彻底失去了意义。

我一个人生活，一个人去医院体检，每每看见有男人小心地扶着妻子去做体检，我的心便碎成提不起来的样子。同事劝我打掉算了，我坚决说不，我发疯了一样要生下这个孩子，也算对婆婆的死的补偿吧。我下班回来，先生坐在客厅里，先生看着我，眼神复杂，和我一样。

我一边解大衣扣子一边在心里对自己说：“不哭不哭……”

眼睛很疼，但我不让它们流出眼泪。

挂好大衣，先生的眼睛死死盯在我已隆起的肚子上。我笑笑，走过去，扯过那张纸，看也不看，签上自己的名字，推给他。“芦荻，你怀孕了？”

自从婆婆出事后，这是先生第一次跟我说话。我再也管不住眼睛，眼泪“哗啦”地流下来。我说：“是啊，不过没事，你可以走了。”

先生没走，黑暗里，我们对望着。

先生慢慢趴在我身上，眼泪渗透了我衣服。而在我心里，很多东西已经很远了，远到即使我奔跑都拿不到了。不记得先生跟我说过多少遍“对不起”了，我也曾经以为自己会原谅，却不能。在西餐厅先生当着那个女孩的面，他看我的冰冷的眼神，这辈子，我忘记不了。我们在彼此心上划下了深深的伤痕。我的，是无意的；他的，是刻意的。

4

除了想起肚子里的孩子时心里是暖的，面对先生，我心冷如霜，不吃他买的任何东西，不要他的任何礼物，不跟他说话。从在那张纸上签字起，婚姻以及爱情统统在我的心里消亡。有时先生试图回卧室，他来，我就去客厅，先生只好睡回婆婆的房间。夜里，从先生的房间有时会传来轻微的呻吟，我一声不响。这是他习惯玩的伎俩，以前只要我不理他了，他就装病，我就会乖乖投降，关心问他怎么了，他就一把抓住我哈哈大笑。他忘记了，那时，我会心疼是因为有爱情，现在，我们还有什么？

先生的呻吟断断续续持续到孩子出生。他几乎每天都在给孩子买东西，婴儿用品，儿童用品，以及孩子喜欢的书，一包包的，快把他的房间堆满了。

我知道他是用这样的方式感动我，而我已经不为所动。他只好关在房间里，在电脑上噼里啪啦地敲字，或许他正在网恋，但对我已经是无所谓的事了。

转年春末的一个深夜，剧烈的腹痛让我大喊一声，先生一个箭步冲进来，好像他根本就没脱衣服睡觉，为的就是等这个时刻的到来。先生背起我就往楼下跑，拦车，一路上紧紧地攥着我的手，不停地给我擦掉额上的汗。到了医院，背起我就往产科跑。趴在他干瘦而温暖的背上，一个念头忽然闯进心里：这一生，谁还会像他这样疼爱我？

先生扶着产房的门，看着我进去，眼神暖融融的，我忍着阵痛对他笑了一下。从产房出来，先生望着我和儿子，眼睛湿湿地笑啊笑啊的。我摸了一下他的手。先生望着我，微笑，然后，缓慢而疲惫地软塌塌倒下去。

我痛喊他的名字……

先生笑着，没睁开疲惫的眼睛……

我以为再也不会为先生流一滴泪，事实却是，从没有过如此剧烈的疼撕扯着我的身体。医生说，我先生的肝癌发现时已是晚期，他能坚持这么久绝对是奇迹。

我问医生什么时候发现的？医生说五个月前，然后安慰我：“准备后事吧。”

我不顾护士的阻拦，回家，冲进先生的房间打开电脑，心一下子被疼窒息了。

先生的肝癌在五个月前就已发现，他的呻吟是真的，我居然还以为……

电脑上的二十万字，是先生写给儿子的留言：

孩子，为了你，我一直在坚持，等着看你一眼再倒下，是我现在最大的愿望……我知道，你的一生会遇到很多快乐或者挫折，如果我能够陪你经历这个成长历程，该是多么快乐，但爸爸没有这个机会了。爸爸在电脑上，把你一生可能遇到的问题一一地写下来，等你遇到这些问题时，可以参考爸爸的意见……

我最最亲爱的孩子，写完这二十多万字，我感觉像陪你经历了整个成长过程。真的，爸爸很快乐。好好爱你的妈妈，她很辛苦，她是最爱你的人，也是我最爱的人……

从儿子去幼儿园到读小学，读中学、大学，到工作以及爱情等方方面面，先生事无巨细都写到了。

先生也给我写了信：

亲爱的，娶了你是我一辈子最大的幸福，原谅我对你的伤害，原谅我隐瞒了病情，因为我想让你有个好的心情等待孩子的出生……亲爱的，如果你哭了，说明你已经原谅我了，我就笑了。谢谢你一直爱我……这些礼物，我担心没有机会亲自送给孩子了，麻烦你每年替我送他几份礼物，包装盒子上都写着送礼物的日期……

回到医院，先生依旧在昏迷中。我把儿子抱过来，放在他身边，我说："你睁开眼笑一下，我要让儿子记住他在你怀抱里的温暖……"

先生艰难地睁开眼，微微地笑了一下。儿子偎依在他怀里，舞动着粉色的小手。

我"咔嚓咔嚓"按动着快门，泪水在脸上恣意地流……

你的幸福，我永远的牵挂

原来幸福不在最高处
也不在最远处，
只要尽自己的本分，
幸福就在身边。

蒲公英的幸福

佚名

有一棵长在山谷的蒲公英沐浴在阳光中。蒲公英种子也在生长，它们按照在家庭里的地位，坐成一圈，像一群等待出发的小伞兵。太阳在外边照着，把种子们晒得暖洋洋的。山谷既温暖，又舒适，白天明亮，晚间黑暗。小伞兵们围在那儿越长越大，同时也沉思起来，因为它们很想做点事情。

“外面真美啊，难道我们永远就在这儿等着？”它们问。

日子一天天过去了。蒲公英的花柄变黄了，种子们也变黄了。

“我们不久就要被分散到外面去了！”种子们兴奋地说。它们对自己的未来充满期待。

“我倒想要知道，我们之中谁会最幸福！”最肥壮的一粒种子说。

“可幸福是什么？”最小的那一粒说。

“幸福就是飞得最高！”最大的种子说。

“幸福就是飞得最远！”第二粒种子说。

忽然，它们觉得震动了一下。

“啪！”花苞裂开来了。那些种子们全都滚到太阳光里来了。

一阵风吹来，微笑地向它们祝福，“孩子们，欢迎你们来到这个世界！你们想要追寻怎样的幸福呢？就让我送你们一程吧。”

“我要飞向广阔多彩的世界里去，请让我飞得最高！”于是第一个小伞兵就兴奋地飞起来了，它飞得很高，看到了蓝天和白云，身边的鸟儿在向它打招呼。可它不知道飞得越高离土地越远，后来它飞跃山谷落在一处宽阔的河面上顺水流去。

第二粒种子看到这种情形，忙说：“我不要飞得高，让我远离这里，飞得远远的就行。”

于是它也飞走了。不知过了多久，它飘飘悠悠来到一个没有人烟的沙漠上。这时一阵风沙袭来，蒲公英种子永远埋在里面了。

“我到了什么地方，就在什么地方睡吧。”余下的最小的一粒种子心想。

“该到哪里就到哪里生长吧！”最小的小种子对风说。最后它被吹到一所房子窗子下面一块旧板子上，正好钻进一个长满了青苔的霉菌的裂缝里去。青苔把它裹起来，它躺在那儿不见了，可是慈祥的太阳并没忘记它。

在这个小小的房子里住着一个穷苦的女人。她白天到外面去工地干粗活，虽然也很勤俭，不过仍然很穷。她有一个常年生病的独生女儿，整天躺在家里的床上，她的身体非常虚弱。已经一整年了，看样子病好不了了。

这个病孩子整天安静耐心地在家里躺着，她的母亲到外面干活挣生活的费用。这正是春天，一大早，当母亲正要出去工作的时候，太阳温和愉快地从那个小窗子射进来，一直射到地上。卧床的病孩子望着最低的那块窗玻璃一动不动。

“从窗玻璃旁边探出头来的那个绿东西是什么呢？它在风里摆动！”孩子问。

母亲走到窗子那儿去，把窗打开一半。她说：“我的天，这原来是一株小蒲公英。它还长出小叶子来了。它怎样钻进这个隙缝里去的？现在有一株小野花来供你欣赏了！”

病孩子的床搬得更挨近窗子，能让她看到这株正在生长着的蒲公英。于是母亲便出去做她的工作了。

“妈妈，我觉得我好一些了！”这个小姑娘对回家的母亲说，“太阳今天在我身上照得怪温暖的。这株蒲公英长得好极了，我也会长得好的，我将会爬起床来，走到温暖的太阳光中去。”小蒲公英听到孩子的话，高兴极了。

“但愿这样！”母亲说，但是她不相信事情就会这样。不过她仔细地用一根小棍子把这植物支起来，好使它不致被风吹断，因为它使女儿对生命有了愉快的想象。她在窗台上垫了一些泥土，使这株蒲公英可以向上生长。孩子每天都来关注它，有时给它浇一点水，有时会对着小蒲公英诉说自己的愿望。小蒲公英每天默默地努力地成长，因为它觉得它必须带给孩子生活的希望，这是作为一株植物应尽的本分。

病孩子的母亲现在开始相信，她的孩子会好起来。她记起最近这孩子讲话时要比以前愉快得多，而且自己也能爬起来了，她经常直直地坐在床上，用高兴的眼光望着这一株小蒲公英所形成的小花园。一星期以后，这个病孩子第一次能够坐上一整个钟头。她快乐地坐在温暖的阳光里。窗子打开了，她面前是一株茁壮的绿色植物，开着嫩黄色的小花。小女孩低下头来，在它柔嫩的叶子上轻轻地吻了一下。

不久，这个生病的女孩子下床走动了——她脸上散发出健康的光彩，她的眼睛发着亮光。房间里充满母女幸福的欢笑声。

小蒲公英听着，心里也在发光。它想，这就是幸福吧，原来幸福不在最高处也不在最远处，只要尽自己的本分，幸福就在身边。

每一朵花都不会错过春天

凡属

七月，适合乘凉。

阳光下许多美丽的花儿显得格外灿烂，灿烂得有点耀眼。

在一棵葡萄树下，一个丧偶的女人正弯着腰在熬着草药，药味几乎弥漫整个小村庄，让人有点泪眼。

那个女人的家离飞机场很近，安静的时候，总会偶尔听见飞机起飞的轰鸣声，随着它的渐飞渐远，然后慢慢地消失不见。

女人的丈夫出了车祸不幸死亡，此后，女人的精神便有些恍惚，时不时拿起瓶瓶罐罐四处乱扔，街坊邻居都知道此事，早已见怪不怪了。偶尔有一些不知情的人们，看到后便一拥而上来围观，指手画脚的，让人感觉很不是滋味。直到警察来了把她带回家。

她有时很正常，总喜欢在葡萄树下，静静地坐着，扇动着那残破不堪的蒲扇，苍白的头发荡漾着，没有一丝活力。别人给她取了一个外号叫“疯婆子”。今年，她才二十九岁。

“妈妈，妈妈！我回来了！”一位背着书包的女孩兴高采烈跑到了葡萄树下，走到了“疯婆子”身旁，手里卷握着一张“第一名”的奖状，开开心心的像朵小花儿。

那是女人的女儿，今年她才十二岁，正在读小学。

她把奖状递给了妈妈说：“妈妈，快看，我考试得了第一名了！”突然，她妈妈发疯似的站了起来，揪起凳子就往地上摔，不小心把熬的药弄倒了，那滚烫的药汤溅到了小女孩纯白的脸蛋上。顿时一声惨叫，接着就是一阵大哭，小女孩哭得很大声，似乎比飞机起飞的轰鸣声还要响。

汤药的味道还沉浸在当时的空气中，可是悲剧终究发生了。

“‘疯婆子’又发疯啦！”许多小孩儿嚷道。

随后，街坊邻居把她送到了附近一家医院抢救……幸好，并无大碍。可是，如花般的小女孩的半张脸却被滚烫的药水给毁了，凹凸不平的疤痕像一根根针一样插向她的内心。

小女孩再也没和妈妈同住，她住在了她叔叔家里。随着时光的流逝，她逐渐地接受了那个残酷的现实，她脸上总是裹着一层乌黑的面纱，不想让任何人看见那个疼痛的明显的伤疤。顺便也安慰了下自己，她就好像一朵没叶子的花儿，显得十分孤僻。

就这样，许多年过去了。

她凭自己的能力考上了名牌大学，在学校的美好时光似乎减轻了她的许多疼痛。过去的许多，她也没再提起，没再去想过。她可以天天和同学们一起打着羽毛球，在广阔的草地上踢着足球，放着风筝，吹着风，唱着歌。可是，她还是一如既往地裹着那乌黑的面纱。无论天气多么炎热，她从未取下过。

她似乎早已忘却她还有一个妈妈，每次的家长会，她都是独自一人躲在宿舍里沉默，有时一待就是好一半天。

她恨她把她脸弄成这样，以至于她不能很自然地在讲台上发表演讲，不可以和别的女孩一样谈场浪漫的恋爱，不可以在游泳池尽情地嬉戏。

她恨透她了。

又是许多年过去了，大学毕业后她找到一份好工作，收入也很高，生活过得很富裕，即使是这样，她也从未向自己家里寄过一分钱。

一天，她收到了一封信，拆开来里面是一千五百元钱还有一个泛黄的草纸，里面写着：

亲爱的女儿：

妈妈对不起你，妈妈不能让你快乐，妈妈不是故意的，希望你能原谅妈妈。可是你要知道，每一朵花都不会错过春天的，你在妈妈心里永远是最美的花儿！在外面工作很辛苦，要多注意安全，不知这些钱够不够你用，不够告诉妈，妈回头再寄点给你。你自己要过得好，不用回来，妈过得很好。

她伤心地取下面纱，热泪盈眶，看着那一叠陈旧的钞票，她知道，妈妈在家里没什么收入，全是靠捡破烂维持生活的，这是十几年她为了我……她不想再想下去，并决定回家看她。

一个月以后，她处理完工作上的事后，买好了车票回到了家。

到家以后，屋里空无一人。门前的那棵葡萄树早已枯死，只剩下几根干枯的枝干。屋里的桌凳上都积满了岁月的尘埃。妈妈房间里，她的相片还摆在那里，只是早已被层层叠叠的蜘蛛丝给覆盖了。

邻居告诉她："你的妈妈在上个星期因病逝世了，临死的时候不停念叨着你的名儿呢！她想你，可是不忍心打扰你，含泪走了……"

"妈！女儿错了！女儿不该这样对你！"她一下跪在了地上大声叫着。

可是妈妈再也回不来了，妈妈已经变成一朵花，在遥远的天堂盛开着，在那里开着花。

每一年的这个时候，她都会回到自己的家乡，捧着鲜花来到妈妈的坟前，她希望妈妈每天都可以看见最美的花儿，而那花儿就像她自己一样！

此后，她再也没有裹上面纱。

她开始勇敢地面对着生活，就像美丽花儿一样，不会错过春天的绽放。她知道，妈妈在那边看到她这样一定会很高兴的。

因为妈妈说过，每一朵花都不会错过春天。

父亲的节日

罗敦·文莱特

翟正彦 译

每年六月，那些以盈利为目的的商业投入多得惊人，像出售贺卡、鲜花和领带啦，还有长途问候电话什么的（这种电话在父亲节有四千一百万，比母亲节的多）。我并不在乎这些表面的东西，可每到这一天，我发现自己非常期待孩子们的衷心问候，如果哪个不打电话、写信或来看我，我一定会生气的，他们不断唤起我许多美好的回忆。

我从未认真考虑过父亲的含义。直到我二十一岁结婚后，第一个儿子就要降临的时候，我梦想着他的一切：由一个幼稚的男儿变为一个真正的男子汉，精力旺盛、宽以待人、博学多才并且受人瞩目；梦想他会成为一个完美无缺、前途无量的人。

在我做父亲的历程中，闹的第一个笑话是在孩子刚出生后的几分钟。我站在婴儿室的玻璃隔墙外面，看着护士托起新生的儿子。因为难产，他的头像肿了个大包，样子有点怪，脸上也青一道红一道，乱七八糟的。我又急又怕，还深深地感到内疚，好像是我把他弄成那个怪样子的。这个新生的、纯洁的小东西，他还什么也不知道，我已遗传给他那么难看的样子！这时，护士把他又放回了小床，也许是察觉了我的担心，她走过来向我保证：“不要紧的，最困难的时候已经过去了，到晚上，一切都会正常的。”她说的完全正确，到晚上再见到他时，他已是一个粉红的、可爱的小人儿了，我当时的担心真是多余。

四十一年的考验和挫折，教会了我许多东西。我体会到做个父亲是多么不易。即使在以后生活比较好过的时期也是如此。儿子出生一年多后，第一个女儿到来了。那时，我已经学会了给孩子换尿布和煮奶，但仍常感到不像那么回事儿。那会儿，医院已允许父亲进入产房接触新生儿，是我和护士一起把她从产房推到病房的。那时，她母亲还没从产房出来，只有我和她待在一起。我弯下腰，目不转睛地凝视着她，她睡得那么香——这个不可思议的小东西。时间在一分一秒地过去，我忽然感到一阵强烈的恐慌：这是一个女孩啊！女孩！如果她突然需要什么我该怎么办？女孩是不是需要父亲的特殊照料？在这个充满危险的世界里，我怎样才能保护她不受伤害，特别是男孩子的欺负？直到她筋疲力尽的母亲来到时，我才从惊慌中醒来。

回首往事，我认为值得骄傲的应该是“父亲”这个角色的神圣感，而不是发号施令的权威。但我也认为一个父亲应该能解答一切问题，有战胜一切的自信。我想当年我父亲就是这样想的。尽管他在年轻时就去世了，但他那种天塌下来都不会眨下眼睛的神情，让我终生难忘。不过，我敢打赌，就是在他看上去最坚定不移的时候，他心里也不是没有疑惑的，只不过不容易看出来罢了。他控制局面的办法就是不让人们发现那些他无能为力的危险。

其实那种自以为是的想法是最靠不住的。二十多年前，一个严冬的夜晚，我们的房子忽然起火了，火是从里面烧起的。当时在家的有我和我妻子，两个女儿，一个十八岁，一个八岁，她们住在楼上的两个房间里。当火着起来时，在最初的几分钟慌乱中，我和我妻子分别从两个门跑了出来，然后又手忙脚乱地企图再进去救女儿们。我们刚跑到正门，门开了。小女儿镇静地走了出来，在她身后，卧室里火势正猛，像是要爆炸了似的。几乎同时，大女儿也从窗户跳了出来，扑进我的臂弯里。那天晚上，我们几个，还有狗，一起挤在汽车里，眼看着我们的家在大火中慢慢地倒下去。

事后回忆，我认为那场火灾可能是因为我抽雪茄不当引起的。不管怎么样，在生死攸关的时刻，我没能帮助女儿们，是她们自己救了自己。

那次经历，我感受最深的是，“父亲”也有无能为力的时候。我彻底放弃了从前的观点：我能知道一切，能为孩子们安排好生活。

当然，我那些成年的孩子们都已经自立了，尽管我仍想尽父亲之责，却已无能为力。就连我那才五岁的雄心勃勃的小女儿，也总要自己解决困难，不需要我的帮忙。

我一直把对我有着特殊意义的二儿子留在身边，他出生在四月五日——我父亲的生日也在这一天。也许这只是数字上的巧合，可我总感到对他有一种特殊的感情，我常不知不觉地把他们两个混在一起。实际上，他们长得也如此相像：高大、多情、皮肤光滑，而且都那么坦率。可惜父亲生前没能见到他。当然，在今年六月的那一天——父亲节，我会更加深深地怀念我亲爱的父亲，因为那个酷似他的人将在这一天举行婚礼，在父亲节这一天。

月亮再弯，亮着就好

朱成玉

姑妈家的兰表姐是我们家族里的第一个大学生，一直都是我们引以为豪的榜样。读大学的时候，她是班级里家境最贫寒的一个，衣服轻易不买件新的，饭菜从来舍不得买贵的。但是，爱笑的兰表姐始终快乐着，脸上全是对未来的憧憬。

临毕业了，兰表姐和隔壁大学的一位男同学做朋友，那男生家在外省的农村，家里也很穷。姑父知道兰表姐处男朋友的消息后，几经辗转去了那位男同学的家乡。姑父是悄悄去的，那时候男同学家的院子里正荒凉着，草房子的顶上茂盛的野草正肆意地迎风飘扬。姑父的心当时就凉了半截。回来后，姑父对兰表姐说的第一句话就是："咱家就够穷的了，你怎么找了个比咱家还穷的对象啊？"

但这并没有阻止兰表姐的爱情。在亲人的反对声中，他们结婚了。新房是一间租来的房子，冬天的屋子如一座“水晶宫”，到处是亮晶晶的冰霜，沁着凉气。姐夫去山上砍了一大堆湿木头，守在炉子边上，不停地拨弄着，试图为贫穷的生活拨弄出一些希望的火苗来。可那些木头很湿，屋子里弥散着浓烟，呛得他们不停地咳嗽。即便是在那么不堪的环境里，兰表姐依然哼着快乐的曲调。用姑妈的话讲，兰表姐的心很大，大得有些“傻”。

兰表姐和姐夫起初一直没有找到合适的工作，他们就临时去附近的啤酒厂洗酒瓶子。两个人在冰冷的车间洗了一天，脚上的鞋子都冻硬了，终于挣到了他们结婚以来的第一笔工资：十五块五角钱。他们用这些钱犒劳了自己，买了肉和芹菜，包了饺子。然后，就听到两个人在那个快乐的傍晚不停地打着幸福的饱嗝。

我是在兰表姐最困难的时候见到她的。姑妈埋怨兰表姐不听他们的忠告，结婚后一次都没有去看过她，但心里总是惦记的。正好那时候我读初中，在姑妈家借住。姑妈就趁我放假的时候，让我带上一些钱去看看兰表姐。见到兰表姐的时候，我着实大吃了一惊。之前，我从姑妈口中略知了一些关于兰表姐家的生活状况，但没想到会这样糟：低矮破旧的屋子里一贫如洗，看着让人直想落泪。但就是那样贫穷的地方，却到处都干干净净，尤其是床单和被套，洁白得有些耀眼。窗台上一盆野菊花开得正艳，给他们凄楚的生活带来了黄灿灿的希望。

兰表姐没有钱买菜，就让姐夫做了个筛网，领着我去小河边捞泥鳅。我们一边说笑一边抓鱼，捞了整整一个上午，结果只捞上来十一条小指那么粗的泥鳅，外加一只蛤蟆。兰表姐喜滋滋地捧回去，生了火，为我做了酱泥鳅。那是我吃过的最好吃的穷人的佳肴。

我哽咽着，眼泪在眼圈里直打转。兰表姐却快乐地对我说："等你再来，姐一定请你吃大馆子。"她说困难是暂时的，她说曙光在前头。

再贫穷，也没有夺走她快乐的天性。

后来，兰表姐和姐夫双双考上了公务员，领着令人羡慕的工资。对于那段曾经贫寒的经历，兰表姐很珍惜。每每我的生活现出窘境，在QQ里和兰表姐诉苦时，她总会拿她的那一段经历说事，以至于她的那段经历成了我们"家喻户晓"的教科书了。

"看到天上那轮窄窄的下弦月了吗？那就是你不圆满的人生。但是，你看它依然明亮着，从不蹙紧眉头，它会乐观地生活，直到把自己走成上弦月，走成一个在夜空里满满的温暖的怀抱。"

不愧是有文化的兰表姐，说的话总是那么有诗意，而且让我的心一截一截的柔软下去。

兰表姐说："月亮再弯，亮着就好。"

有一种情，叫相依为命

萧音

1

第一次见到良子哥的时候，他十二岁，我九岁，他上四年级，我上二年级。他的个子比我高出整整一头，脏兮兮的样子让人看了极不舒服。

良子哥喊我妹妹，我却不喊他哥哥，我喊他的名字李国良，或是干脆叫他“哎”。在我心里，他只不过是我家收留的一个无家可归的人而已。

我父亲当时是村上的民兵连长。1982 年，村上搞联产承包，父亲和母亲一起承包了村南的一片苹果园，父亲能干，又懂技术，我们家苹果的产量比一般人家的都高，日子过得在村上数一数二。

然而，好景不长。1984年夏天，父亲从果园锄草回来，到村西的河里洗澡，一个猛子扎下去就再也没能上来。后来，家里的一个远房亲戚给母亲介绍了继父。继父家里很穷，好不容易讨上媳妇，媳妇却因为忍受不了贫穷跟一个倒卖粮食的外省人跑了。于是，从那天起，继父和他的儿子开始了艰难的生活。

因为苹果园里缺人，父亲过世后的第二个月，继父便来到我们家，我和母亲住东屋，继父和良子哥住西屋。

继父是个很能吃苦的汉子，整天泡在果园里，晚上也不回家。

母亲有时忙得顾不过来，便给我和良子哥每人五毛钱，在学校的小卖部里买烧饼吃。小卖部的烧饼是老板从镇上买来的，有时当天卖不了隔一夜便馊了，老板心黑，把前一天放馊的烧饼混在当天进来的新烧饼中一起卖。因为常常买到馊烧饼，后来良子哥便干脆学着做饭。刚开始时，他经常做煳，即便他把不煳的饭菜给我吃，自己吃煳的，我也不愿意理他。

学校离家里有三里多远，要翻过一座山梁，山上到处都是郁郁葱葱的树木和半人高的蒿草，有时还会听到不远处的狼叫。母亲不放心，让我和良子哥一起上学，并嘱咐良子哥照看好我。我不愿让同学们笑话良子哥的那张黑脸，良子哥第一次帮我背书包时，我狠狠地甩开了他，自顾自地向前走。所以，每次上学我们两个经常保持着十几米的距离。

2

夏日的一天，放了学我做完值日，同村的人早回家了，我和良子哥背着书包一前一后地往家走。走到半路上，天突然暗了下来，云层很低，黑压压的，连不远处的村子都看不见了。一直跟在我身后的良子哥，突然跑上来拉起我的手向家的方向跑。我吓得不知所措，只得深一脚浅一脚地跟着他跑。

刚跑了十几米，天上突然掉下冰雹来，先是玉米粒大小的冰雹稀稀拉拉地落下来，眨眼间，变成了鹌鹑蛋那么大。良子哥一把把我推到路边的岩石下，两手抱着头，下巴抵着我的脑袋，整个身子压在我的身上。这样过了足有十分钟，天空才渐渐有了亮光。冰雹过后，只剩下雨，我从良子哥的身子下挣扎起来，看到地上到处都是冰雹，足有十多厘米厚。我推了推良子哥，这才发现他的上衣背后都是血，血水混着雨水不停地从脑袋上往下淌。良子哥蜷缩在地上，紧皱着眉头，牙齿不停地打着架。

我不知所措，吓得站在雨中哇哇大哭。

不一会儿，母亲披着一条麻袋赶来了。一见良子哥的样子，母亲一把将自己的上衣扯下一大块，手忙脚乱地缠到良子哥头上，然后将麻袋搭在他身上，蹲下身背起良子哥就往镇上跑。

四五里的山路，到处都是冰雹，母亲背着和她个头差不多的良子哥，一口气跑到了镇上的医院，路上鞋跑丢了都没有发觉。

母亲的老寒腿便是那时落下的。直到现在，每逢阴天下雨，母亲就不时用拳头去捶自己的膝盖。后来，每每说起那天的事，良子哥的眼圈都红红的。

那一年的冰雹，把方圆几公里的庄稼全毁了。瞅着园子里被冰雹打折的树干和落了一地的青果，继父只得把果园重新修理了一下，在树档间种上了黄豆。

1990 年，我十五岁，家里果园的承包合同到期了，有人给村主任送了礼，加之继父是外来户，村里便把果园包给了别人。继父气得几天吃不下东西，那段时间，夜里常常听到继父和母亲的叹息声。没有了果园，继父从集市上买了几只羊，一边种地一边放羊，日子虽不如从前宽裕，但也能凑合。

1991 年冬天，继父在后山上放羊，不小心摔了一跤，把胳膊摔折了。到县城的医院拍 CT 时，竟然在继父胳膊骨折处发现了癌细胞，医生说这种病是因为长期接触农药造成了感染。想到那些年继父天天背着药桶给苹果树喷药，有时天热连衬衫都不穿时，母亲追悔莫及。医生给继父做了手术，把胳膊上那段病变的坏骨头锯掉，然后，抽了一根肋骨接上。但手术并没有留住继父离去的脚步，第二年麦收时，继父还是离开了我们。

继父的死，让我的心一下子空了许多。我很清楚，继父的病把家里的积蓄都用光了，以现在的家境，母亲肯定无力供我们两个人同时读书。而良子哥马上面临高考，一旦他考上大学，母亲肯定会让我退学的。我很了解母亲，这样的决定，她做得出来。

然而，事实并没有向我想象的方向发展。高考后的第二天，良子哥给母亲留下一封信便去了省城打工。在信中他说，参加高考只是想印证一下自己的实力；没有了父亲，自己有责任支撑起这个家。他还说，妹妹，你一定要好好读书，哥就是砸锅卖铁也要供你上完大学……

良子哥的高考成绩比录取分数线高出十六分。分数下来的那段时间，母亲发疯似的到处打听良子哥的去向，还专门坐车去了省城，跑遍了省城所有的建筑工地，仍然没能找到他。

3

1993 年秋天，我如愿以偿地被南开大学录取。

初冬的一天中午，我从图书馆看书回来，同宿舍的人说母亲托一个老乡给我捎来了过冬的衣服。打开包袱，里面是一条毛裤和一件崭新的羽绒服。摸着那件羽绒服，睡在我上铺的杜梅惊呼道："哎，我说淑敏，你妈可真舍得给你花钱啊，这羽绒服还真是羽绒的哩！"我问送衣服的人呢，她们说已经走了。我听了，良久无语。我知道，这羽绒服肯定是良子哥买的。当时，羽绒服刚刚时兴，价格特别贵，别说是学生，就是一般上班的人穿这东西的也特别少。杜梅说，你老乡一来就问这问那的，看样子挺关心你的。我说，那不是我老乡，是我哥。她说那他干吗要说是你老乡呢，我咬了一下唇，眼泪涌了上来。

我在天津读书的第二年，良子哥和本村的一个姑娘结了婚，生下了侄子小强。毕业后，我分到了县城，也结了婚，有了孩子，良子哥则在离我不远的一家工地上打工。

2004 年初冬的一天，我正在单位整理报表，突然接到嫂子打来的电话，嫂子哭着告诉我，良子哥在给新盖的大楼外墙刷漆时，拴脚手架的铁丝脱了钩，良子哥和另一名工人从三楼高的架子上掉了下来，这会儿正在送往第三人民医院的途中。

我扔掉手中的东西，奔出门打车往第三医院赶，在急诊室门口撞见同村的两个人，他们正从车上往下抬良子哥。良子哥的嘴角上、脸上、身上到处是血，我抓住他的手，一边喊着哥一边呜呜地哭。听到我的喊声，良子哥努力睁开眼，喃喃地说了一句："妹妹，哥要是有个三长两短的，娘和你侄就交给你了！"我颤抖着嘴唇，说不出话来，任泪水在脸上肆意流淌。

良子哥摔折了左腿和两根肋骨，其中一根肋骨插进了肺里，手术进行了六个多小时，我一直站在门外，心乱如麻。当医生走出来告诉我病人已脱离危险时，我忽然两脚一软，跌坐在地上。

在此之前，我从来没有想过，这个和我没有一点血缘关系的人，在我生命里竟是如此重要。那一刻，我突然知道了，十八年前的那个夏日，当他用身体挡住向我袭来的冰雹时，我的生命便注定与他再难割舍。

人们都说，血浓于水，然而，比血更浓的，却是这种生死相依的亲情。有一种情，叫相依为命，它离幸福最近，且不会破碎，那是一种天长地久的相互渗透，是一种融入彼此生命的温暖。

金钩钩，银钩钩

蒋英姿

1

爸爸妈妈闹离婚那阵儿，我和你也吵得天昏地暗。爸爸从广州带回来的那个女人就住在二叔家，妈妈天天以泪洗面，你却很不争气地瞅空就往二叔家跑，吃那个女人给你买的糖，玩她给你买的玩具，还在别人的怂恿下喊她妈妈。

我拖你回家，不许你喊那个女人妈妈。你哭，你闹，你理直气壮地说，爸爸就要跟妈妈离婚了，那个女人是新妈妈。我气急败坏地推了你一掌，你跌坐在地上边哭边大声地骂粗话。妈妈走过来，给了我们一人一耳光，怒气冲冲地说："不争气的东西，你们还能在一块儿待几天啊？"

我不再理睬你，一个人气呼呼地收拾东西，我要跟妈妈离开这儿，回外婆家去住了。你看着我把自己的衣服、课本、作业全部放进了一个纸箱子，终于忍不住说了一句："你真的要走吗？"我不理你，只顾忙自己的。你说："我以后不喊那个女人妈妈了。"我还是不理你，你又说："我以后跟妈妈。"我说："好，我们拉钩！"我用小手指钩住你的指头，我们一起说："金钩钩，银钩钩，谁骗人，是小狗。"可你没有遵守我们之间的约定。你在法庭上说你跟爸爸。

我牵着妈妈的手要上车时，你突然飞奔过来拉住了我的衣角，你说："姐，我跟你们一起走——"

我冷冷地推开了你。车子开动了，妈妈大声哭喊着你的名字，你追着车子喊："妈妈——姐姐——"车子转眼就把你远远地落下了……

那一年，我八岁，你五岁。

2

半年后，妈妈带着我嫁到了离家两百多公里的益阳。继父是个菜农，我便也成了小菜农。读书的空余，学着拔草，施肥，浇水，搭架，继父很喜欢我，因为我勤快，听话，懂事。

第二年，妈妈又生下了一个弟弟。她那因思念你而黯淡的眼神开始有了光彩。我看到那个小婴儿就想起了你。我开始后悔走的时候对你的冷酷。我知道了，你改变主意的原因是因为家族里所有的人对你施加了影响。你不过是一个五岁的孩子。

小小的弟弟一天天长大，我很小心地带他，处处让着他。我想起了跟你一起度过的童年。记得每次吃西瓜，我都是用最快的速度把自己的那份消灭，然后开始对你那份虎视眈眈。我说，给我吃点好不好？你说，不！每一回，我都用各种方法，使你那份西瓜的大半部分都落到了我的肚子里。

我从来都不知道要让着你。可是现在，我懂事了，我从来都不跟小弟弟争东西。我精心地照顾着他。用他对我的依赖和爱来博取家人的欢心与关爱。别人都夸我懂事的时候，我在想，你在爸爸和新妈妈的身边，也已经变得懂事许多了吧。

那个时候，你跟着爸爸去了广州。我好不容易从姑姑那儿问到了爸爸广州家里的电话号码，背着继父和妈妈给你打了电话。我想你，想听你的声音，你却不肯接电话。无论爸爸怎么劝，都不肯，然后，我听到了爸爸的叱喝声和你的哭声。我放下电话，跑到村头的田埂边，哭了好久。

那一年，我十二岁，你九岁。

3

初中毕业，我以全县第三名的成绩被重点高中录取，并可享受免除学杂费的待遇。继父说要奖励我，问我想要什么样的礼物。我鼓足勇气说我想把大弟弟接过来住一段时间。继父迟疑了，这确实是一个过分的要求。我低着头，眼泪吧嗒吧嗒落在鞋面上：“就住一星期，一星期好吗？我们已经分开八年了，我不知道他现在长成什么样子了。我只看一看他就行。”我绝望的哭声显然让继父吓了一跳。我是一个文静内向的孩子，从来没有向大人诉说自己的想法，提过自己的要求。于是，继父答应了让你在这儿住一个暑假，我心里说不出对他有多感激。

姑姑把你送过来的时候我正带着小弟弟翻晒辣椒，看着你慢慢地走近，我很惶恐。我已经从你身上找不到一点点童年熟悉的影子了。我怀疑眼前这个高高的瘦瘦的小男孩不是你。早在半年前，我就从别人的口中得知爸爸因为吸毒被抓了。你的新妈妈变卖了房子和家里的一切。你被送回了爷爷奶奶家。

妈妈搂着你大哭了一场，然后将你从里到外换了个崭新，做了好多你小时候爱吃的好菜招待你。你非常拘谨，只有继父不在的时候，你才敢动筷子夹菜。妈妈问你在那边的情况，你都说“好”，除了这个字，再不吐露半句别的话。

天气特别热，我和你带着小弟弟在院子里葡萄架下乘凉。妈妈说，来吃西瓜啊！我看着一分为三的西瓜，从中拣了一块，拿给小弟弟，又拿起另一块，大口大口吃起来。你也捧起一块，小心翼翼地吃。我很快吃完，虎视眈眈地看着你手中的西瓜说：“给我吃一点好不好？”你看着我，居然很顺从地把西瓜递给我。我的眼泪夺眶而出，我多么希望再听到你稚气的一声：“不！”可是，那些日子已经一去不复返了。

我变得更加听话，更加勤快。我对继父说，爸爸，你现在送我上学，等我大学毕业了，我就供小弟弟上学。继父夸我：“真是个懂事的孩子，爸爸没白疼你。”我趁机说：“爸爸，让大弟弟也跟我们一起好吗？将来你老了就有三个人孝敬你了。”

继父看着我笑笑说：“你弟弟是刘家人，我怎么能把他留在我家里呢？而且，我也没有能力供养三个孩子。”

开学的日子一天天逼近，你沉默寡言的性格一点也没有改变。跟你一起的时候，一直都是我一个人在说话。姑姑来接你了，我悄悄地塞给你二十元钱，那是我攒下的零用钱。你问了我一个问题，“姐姐，你更喜欢现在的弟弟还是更喜欢我。”我说，我更喜欢你，现在的弟弟跟我只共有一个妈妈，你跟我既是一个妈妈又是一个爸爸。

你说，“那你为什么不打他不骂他，却又打我又骂我？”我说，因为我跟他只有一半亲。只有特别特别亲的弟弟才能打和骂。

你放心地点了点头。你走的时候，又问我，“我们以后还能在一起吗？”我说，会的，等我长大了攒钱了，一定要把你接到我身边，我们永远不再分开。

不许骗人！你说。好，我们拉钩！我用小手指钩住你的小手指，我们一起念：“金钩钩，银钩钩，谁骗人，是小狗。”

那一年，我十六，你十三。

4

从那次分别之后，我又有四年时间没有看到你，你的消息却时时震撼着我。你辍学了，你偷东西了，你打架伤人了，你被管教了。我说不出心里有多痛，妈妈流着泪说你像爸爸，是遗传。我不这么认为，我不相信我心爱的弟弟天生就是一颗坏种子。

我专程向学校请假去劳教所看你，你不愿意见我。我等了一整天，都没有见上你。走的时候我在管教干部的跟前跪下了，十九岁的女孩子，是深深懂得膝下有黄金这一点的，可我就是那么自然地跪下了，为了你。

我进大学时，你出狱。我一星期一封信，隔三岔五一个电话，苦口婆心要你走正道，好好做人。你却走火入魔迷赌博，换衣服一样换女友。我恨铁不成钢。你说："你现在想改变我已经迟了。我长成竹子了，我是笋子的时候你在哪儿呢？"我愤愤地说："为什么要人家管你，成长不是你自己的事吗？"你说："既然是我自己的事，你为什么又管我。"我说："好，以后我再也不管你。"

你被人打伤的消息传到学校的时候，我正在期末考试。我丢下三门功课没有考，跑去了你那里。我怎能做到真正不管你。你的头被打破了，缝了二十多针，右腿也被打断。我东挪西借来的一点儿钱一个星期不到就花光了。暑假我只好在离你不远的一家酒店找了份当迎宾小姐的工作，我必须为你挣一点点药费和生活费。

你的腿因为治疗不彻底，走路自此有些跛，你的额上也留下了三道明显的伤痕，我恨恨地说："看你以后还敢乱来。"你羞涩地笑："以后再也不敢了。""谁敢轻易相信你，来，拉钩！""金钩钩，银钩钩，谁骗人，是小狗。"我们郑重地将小指头钩在一起。

那年，我二十一，你十八。

5

大学毕业后，我开始拼命攒钱还债，供小弟弟念书。你成了一名三轮车司机，天天踩着车子满城跑，日晒雨淋，嘴里哼着流行歌曲。那天，我正在加班赶制一份策划，你打来电话，问我为什么周末都不休息。我说："为了生活！"你很严肃地说："不要完全为别人而活，应该多关心一下自己。"我说："好，我知道。有个弟弟关心我感觉很好。"你恼火地责问："今天是什么日子你知道吗？"

我愣了一下，眼泪立即涌上了眼眶。

那天，是我的二十七岁生日。

你老去的那一刻
我才明白

他脸上的皱纹
爬满了额角，他老了，
我却平平安安地长大了。

母亲的盲道

寒冰

那一年，他二十九岁，研究生毕业，跳槽到一家外企，成为公司最年轻的业务经理。

不料，事业风生水起之际，一纸“角膜葡萄肿”的诊断书，顷刻间将他推向了崩溃的边缘。

随着视力的归零，他的脾气越来越暴躁，张嘴骂人、随手摔东西成了家常便饭。

医生安抚他，这种病是可以通过角膜移植来复原的，但他很清楚，全国每年有几百万人等待着角膜移植，供体却只有寥寥数千，有人为了等待角膜要在黑暗里生活十几年甚至几十年，他根本不敢奢求幸运会降临到自己的头上。

绝望从此像他的影子，日日夜夜，萦绕不去。

无法工作的他，长久困在家里，最初的自艾自怨渐渐变成了狂躁不安。他像一头困兽，重压之下，左突右冲，将妻子和女儿平静的生活撞得支离破碎。

某日，一向小心翼翼的妻子只因一件小事埋怨了他一句，他便愤怒地说妻子嫌弃自己了。妻子辩解了几句，他便发了狂，盛怒之下，扬手打了她，并且，咆哮着离婚。一向强势的他突然变成了要别人照顾的对象，巨大的心理落差让他无法承受，他不想拖累妻子。

妻子含泪请来了孀居多年的婆婆。

母亲说他，他低头，不发一语。无奈之下，母亲只好把他领回了老家。

熟悉的老院子里无人打扰的生活，让他的情绪安静了许多。他不再暴躁，只是极少说话，更不出门。大多数时间里，要么躺在床上听收音机，要么直直地坐在堂屋的椅子上发呆。无论大家怎么劝说，他总是以沉默应对一切。

冬去春来，三月的风里，已经有了雨水的味道。

一天，母亲兴奋地拉着他的手，说要送他一件礼物。

出了家门，母亲扶着他，一步步地向前走。

脚下的土地突然变得磕磕绊绊，他本能地俯下身，手及之处，竟是一块半米见方的水泥砖，水泥中间镶着两条凸起的条状东西。

“第一次去你家时，娘就在京城的马路上看到了这东西，人家说这叫盲道，专供眼睛看不见的人走路用的。你病了之后，娘又专门去了一趟城里。”

他的心底，漫过一片潮湿。整个冬天母亲都在南厢房里忙个不停，原来是在整砌这些东西。

“儿啊，娘都七十四了，活不了几年了，你得学会照顾自己。”

说这话时，母亲使劲握着他的手。他知道，母亲不想不愿更不放心松开他的手，但母亲很清楚，自己照顾不了他一辈子。

那个午后，母亲带着他，踩着那些凸起的方形水泥块，去村头理了发，还去小卖铺买了一袋盐和半斤香油。

晚上，他失眠了，辗转中，母亲和那些笨重的水泥块儿不停地在眼前晃来晃去。

第二天，听着母亲在南厢房里费力地搅动着那些水泥和沙粒，躺在北屋床上的他，再也无法平静。

吃饭时，母亲告诉他，自己正在修一条从村口通向大公路的盲道，将来他再回来时，下了汽车自己就能走回家了。

他说：“娘，您别再弄那些水泥块儿了，我心烦。”

母亲叹了口气：“儿啊，你的眼睛看不到别人，可别人能看到你啊。而且，你得活得让别人看得到你才对啊。”

他的委屈，瞬间涌上心头，他咆哮道：“让别人看到又有什么用？就算我当上了残联的主席，不还是个瞎子吗……”

母亲愣愣地望着他，伤心不已。

接下来的日子，母亲依旧进行着她的浩大工程。从村头到国道足有一公里远，如愚公移山般，母亲准备用水泥块将它们一点点地连接到一起。

日复一日地，听着南厢房中笨重的声音，他的心愧疚不已。

终于，他坐不住了，对母亲说：“让姐姐帮我找家教盲人按摩的学校吧。”母亲不停地点头，脸上写满了惊喜。

然而没等姐姐帮他找到合适的学校，母亲却病倒了，急性胆囊炎。

母亲住院那些天，喂鸡、喂猪、打扫院子，这些小时候干过的活他竟一一拾了起来。甚至，一个清晨，他在鸡窝里掏出一只公鸡，宰了，炖了汤，沿着母亲修砌的盲道，一路摸索到公路上，拦车。

当他出现在病房的门口时，母亲惊诧不已。

喝着他做的鸡汤，母亲笑落了一脸的泪。

那一刻，他忽然就明白了，原来，“残”与“废”本是两个概念。许多时候，可怕的不是眼盲，而是对生活绝望了的心盲。

那几天，给母亲做饭成了他最快乐的事。

一天，又到了午饭时间，母亲坐在床头，不停地向楼道里张望着。

忽然，一个十七八岁的女孩一阵风似的走了进来。

女孩一进门便一脸遗憾地对对面床上的女子说：“表姐，刚才我在电梯里遇到一个男人，一米八几的个子，长得可帅了，仔细一看才发现，竟然是个瞎子，唉……”

女孩的话音刚落，他拎着保温桶走了进来。

看到他，女孩下意识地吐了吐舌头。

没有人知道，那个夜晚，母亲瞅了一夜的天花板。

几天后，母亲出院了。

一天清晨，他醒来，没听到母亲起床的声音。喊了两声娘，没人应声，他从床上爬起来，到院子里又喊了两声，仍然没人答应，他以为母亲去菜园摘菜了，也没在意。及至肚子饿得咕咕乱响，仍然不见母亲回来，他才慌了神，用手机里存好的号码给离家最近的三姐打了电话。三姐一听不见了母亲，急急赶了过来。

推开南厢门的房，三姐一声尖叫，旋即，哭出了声。

母亲去世了，姐姐们告诉他，母亲死于心肌梗死。

母亲走后不久，老天忽然就对他开了眼。医院为他找到了角膜的供体，手术做得非常成功。

两个月后，他又重新回到了工作岗位。

转眼到了第二年的秋天，母亲的周年祭，他和几个姐姐一起给母亲上了坟。从坟地里回来，他没有回家，而是沿着母亲修砌的盲道，漫无目的地向前走着。

盲道修在乡村公路的一边，在两排杨树的中间，母亲培了土，水泥块两边还砌了砖头。

他一边走，一边不停地蹲下身，抚着那些粗糙的水泥块儿，就像抚着母亲干枯的双手。及至有人喊他，他才发现，自己已经走出了很远。

喊他的是个中年男人，赶着一群羊，不认识。男人说："兄弟，你好像对这盲道挺感兴趣啊！"他苦笑了一下，算作回答。

"别看这盲道不像城里的盲道那么正规，它可是上过报纸的呢！"男人的语气明显带着骄傲。

"上过报纸？"他愣住了，姐姐们怎么从来没和自己说起过呢？！

“你不知道吧？这盲道是一个老太太给她儿子修的。”男人像是对他说，又像是自言自语：“老太太的儿子得了病，眼瞎了，老太太住院的时候听说只要有人捐了角膜，儿子就能重见光明，于是老太太便央求医生摘了自己的角膜给儿子，医生不肯，谁料，老太太回家后竟上了吊！”

他的心一阵抽搐，脸上的肌肉一条条爆起，僵硬无比。

男人并没有发觉他的异样，依旧自顾说着：“可怜的老太太，她以为只要自己死了，自己的角膜就能给儿子了，可是，她不知道，死人的角膜超过十二小时就不能用了……”

他呆呆地立在那里，明晃晃的日光，像无数把尖刀，直直地刺进他的心房……

金宝

佚名

那年冬天，他用自己的棉衣把那个女娃裹回家里时，遭到了史无前例的怒骂。这个家本就不富裕，而他们已经有了两个儿子，一家四口靠着他在镇上做临时电工的那点微薄收入勉强维持生计。她指着他的鼻子喊，要么你在哪里捡的还送回哪里去，要么你就别回来了。

小镇的冬夜，寒冷而寂静。他怀里抱着孩子，在镇卫生院门前走来走去。当他终于下定决心把孩子放回那张长椅时，躲在他棉衣下的女娃竟然对着他笑了一下。他心一惊，不，不能把这娃娃扔掉，这是一条命啊！她只好妥协了。从此，他是爹，她是娘，而这个女娃娃，随他的姓，叫金宝。

金宝无法喝米汤，喝进去就会吐出来，小脸苍白。他急得抱着她在地上团团转，是啊，她需要营养的母乳，而不是粗糙的米汤。他小心翼翼地抱着她，一点一点地在结了冰的地上蹭到后村，因为后村有刚刚生完孩子的人家。

可人家拒绝给金宝喂奶，自己家的孩子奶水还不够吃，怎么可能喂给一个不知亲爹娘是谁的野孩子！他几乎是被人家推出房门的，在对方关门的一刹那，他一只手抱着她，一只手插进了门缝。门紧紧地夹住了他的手，又缓缓地开了。他收回痛得失去了知觉的手，“扑通”一声跪在地上。

金宝满足地吃到了母乳，如此年幼的她，怎会知道，爹的那只右手，整整一个月都无法正常工作。有几次，险些出了事故。

从此，他成了远近的名人，因为他抱着她，几乎求遍了附近所有在哺乳期的妈妈，也几乎是跪遍了村里村外。为了报答人家，谁家有事他都会去帮忙，比如谁家屋顶漏水，谁家结婚，谁家出殡……

金宝六岁了，常常依偎在他怀里，被他的胡子扎得咯咯笑。两个哥哥上学了，她就缠着爹陪她玩。他跪在地上，双手着地，她骑在他的背上，喊着“驾驾驾，大马快跑”，他就在自家屋里的砖地上，双手双腿着地向前爬。娘说：“不许让你爹当马，你爹有风湿病。”

他知道，他再陪着金宝玩，也没有金宝和孩子们在一起时开心。他节省了自己的午饭钱，买了糖果，分给邻居家的孩子，央求他们带金宝玩。

吵架时，其他孩子骂她：“金宝丢丢，没有爹娘。”她大声辩驳：“我有爹娘！”孩子们嬉笑着跑开：“你爹不是你亲爹，你娘也不是你亲娘。”

她哭了，擦着眼泪，对自己说：“爹是亲爹，爹会当大马。”他让她坐在他腿上，说：“你看，你大哥叫金石，你二哥叫金锁，只有你叫金宝，为啥？因为你是爹的宝贝疙瘩。”说着抱起她一起照镜子：“你看你和爹长得多像，要不是亲爹，你能长得这么漂亮吗？”

她破涕为笑。尽管年幼的她看不出自己与爹长得像不像，但她坚信，她是爹的宝贝疙瘩。如果爹不是亲爹，自己就不能长得这么漂亮。

金宝七岁那年，爹和娘为了让不让她上学而发生争吵。娘说：“女娃读书有什么用？”爹说：“金宝必须读书，进城做有出息的人。”已经供了两个哥哥，家里没有钱再交金宝的学费。爹打算出去借，娘挡在门前不允许，他用力地把娘推倒在地，在娘的哭声中，挨家挨户地借到了钱。

爹把她送到学校，一遍遍地嘱咐她，好好读书，以后做有出息的人。她用力地点头，虽然她不知道什么叫有出息，但她知道，等有了钱，她一定要给爹买这世上最好的酒喝。

九月的小镇，骄阳似火。她下了课后，看见爹蹲在教室外，衣服被汗水沾湿在身上，嘴唇干裂。他说：“爹怕你第一天上课不习惯，爹这就回。”

也就是那天，她第一次发现，爹走路时，腿是微微弯曲的，背也是驼的。而那年，爹刚四十岁。

她放学回家，家里坐着两位衣着光鲜的城里人。城里女人一见到她，就奔过来拥住她，有些语无伦次："孩子，妈妈对不起你，孩子，你长大了……"她挣脱出来，藏在爹背后。爹把她拉过来："金宝，他们才是你亲爹娘。跟他们回城里，那才是你的家。"她不依，死死抱着爹，喊着："爹骗我，你是我亲爹！"爹转过身去，再也说不出话来。

她被城里男人抱上了那辆小轿车，她拼命地挣扎："爹，我要不是你亲生的，能长得这么漂亮吗？爹……"

挣扎中，她见到的是娘扶着门框抹着眼泪，两个哥哥追了出来。而爹，给她的只是一个冷冰冰的背影。

她进了城，住进了楼房。他们告诉她，那年有了她时，父母还没有结婚，是没办法才把她放在镇卫生院的长椅上，可这么多年来，父母一直在寻找她。她捂着耳朵，哭哑了嗓子，她不想知道这些，她只知道自己有多么想念爹。

可是，这一切都改变不了一个现实。那就是，要叫城里男人为爸爸，城里女人为妈妈，而她自己，被改了名字，叫杨阳。

金宝的亲生父母留下三万块钱算是抚养费，余下的两万会分期寄过来。他本是不要这钱的，可他们走前把装着钱的包扔在了院子里。他把那钱收好，说必须还给他们，让他们用这钱供金宝读大学。

他整夜整夜地失眠，闭上眼睛就是金宝的影子。

他做工时，听到一个女娃的声音喊爹，像极了金宝的声音。一走神，手里的电钻打偏方向，反弹回来的石子飞速地崩进了他的左眼。镇卫生院没有这样的医疗条件，转到县里时，左眼已经保不住了。失去左眼的同时，他失去了工作，只拿到了临时工那点少得可怜的抚恤金和伤残费。

城里寄来第一张汇款单时，他就决定把所有的钱都送回去。进了城，按照汇款单上的地址找到了金宝现在的家。他蹲在楼下等。他等来了那辆黑色的小轿车，是金宝的父亲，他迎上去，这时，金宝和她的母亲从车里下来。金宝看到他，一下冲过来抱住他："爹，爹，金宝想你啊！"金宝看到他的眼睛，哭得更凶了，他摸着她的头，说："爹有右眼，爹还能看得见我漂亮的金宝。"

爹把钱强行塞给他们，说："拿这钱供金宝读书，让她做有出息的人。"然后再次狠心甩开金宝，弯着腿，驼着背，跑开了。他拼命跑着，跑到听不见金宝的哭声时，停下来，才发现竟然跑丢了一只鞋。四十几岁的汉子，蹲在马路上，失声痛哭。

他总是进城，偷偷地看上一眼金宝。金宝并不知道，这么多年，爹一直在默默地看着她长大。终于有一天，当她和一群同学走出校门时，看到了树下的他。只是六年，她当然不会忘记。可六年的城市生活，却足以让一个女孩子变得虚荣。

他知道她看到了他，于是迎了上来，还带着右眼的泪水。同学问："杨阳，你认识他吗？"他就站在她面前，他竟然紧张了，掌心渗出汗水来，他多希望她能像小时候一样，坚定而骄傲地说："这是我爹。"

可是，她却摇了摇头，说了句："不认识！"

二十六岁的杨阳在市医院工作，是药剂室的一名医生。儿时的事情尽管未曾全部忘记，毕竟十几年过去了，那些模糊的记忆偶尔也会翻出，可很快就会散去。

那天，她像以往一样从窗口接过药方，按照药方给患者取药。递来的药方上，写着的名字是：金胜利。她微微一怔，抬头，窗口很高，只能看见患者的头，她看得清楚，那只萎缩的左眼和已经花白的头发。

药方上写着：氨酚待因两盒。她取药的手止不住地抖。这是一种抵抗癌症疼痛或大手术后疼痛的强效镇痛药，他为什么要买这种药？她戴了口罩，穿着白大褂，他看不到她，拿了药，走到大厅的椅子前坐下。这次他是偷着跑出来的，因为他怕孩子们和孩子他娘惦记。他的病又重了，不依靠城里的这种镇痛药，是忍不过去的。

她打了电话给开药方的医生，对方麻木地说出三个字：食道癌。

她走过去时，泪水已经模糊了视线。他正在用自带的水吃药，看了看依旧戴着口罩的她，并未认出。他低下头，把自己的药盒揣进口袋，起身准备离开。

她一步步跟出去，在医院门外，她终于喊了声“爹”，声音哽咽，却坚定：“我要不是你亲生的，能长得这么漂亮吗？爹！”

他大口大口地喘着粗气，没有回头，浑浊的泪顺着右眼滚落。能够对他说这句话的，除了他的金宝，还能有谁呢？

喊一声妈妈，我泪流满面

佚名

1

我八岁那年，被我的妈妈扔在她家门口。这个生了我的女人说：“你若跟着我，只有死路一条。你爸爸死了，我连自己都养活不了。”

那天，风很大，雨也很大，我妈紫色的衣裙在街拐角消失的时候，我已经连泪都流不出来了。我在雨里大喊着追她，跑了好几条马路。筋疲力尽的时候，我站在马路中央，期望着有哪辆车把我撞倒，让我离开这个世界……

傍晚的时候，我还是坐在了这个叫李春花的女人家门口，她回家的时候，看到一个冷得发抖的孩子，一个装着几件衣服的箱子。她紧捏着我的胳膊，脸阴沉许久，一言不发地把我带进屋。

给我换了干净的衣服，她问我：“你妈还要你吗？”这话将我隐藏的泪全部引出来了，我点头又摇头，咬着唇，泪流了一脸。她有些不知所措，过后，把我拥在怀里，许久没说话。

我仰头的时候，看到她眼角的潮湿。她拿着吹风机帮我吹头发，她的手指柔软，怀抱里有浅浅的薄荷香。她说："你看你的头发，和他一样，又直又硬。"突然，她丢了吹风机，呜呜地哭了。她说："小暖，从今往后，有大妈的一口饭吃，就有你的一口。"

我觉得这世界怪得很，她的男人在一个夜晚，为了给他的情人去买一份糖炒栗子，过马路的时候被车撞死，而我，她的男人和情人的私生子，竟然来投奔她，并被她接受。

2

我才知道，原来世界上还有这样的爱情，我相信再没有一个人会比她更爱我爸爸。她常常会抚着我的头发，吃饭的时候，也会盯着我的眉眼走神。她说："你怎么这样像他呢？"

她给我转了学，领着我去报到的时候，她说："有什么不开心的，你就告诉大妈。"

八岁的心，已经为她的话语无比惶恐，只不过半天的时间，我便跑回来找她。她在上班，机器轰隆隆地响，她跑出来着急地问我怎么了。我只顾着哭，不知道该说什么……是的，我不知道该如何张口告诉她，班里的孩子都鄙视我，我的同桌，那个扎着花蝴蝶结的小女生，撇着嘴巴骂我无耻。她说："你一个私生女，还厚颜无耻地来找人家养你！"

我咬着唇，反驳不出一句话，她说的句句都是真的。

她问了半天，看我除了哭没有任何的回答，不禁有些焦急，借了自行车到学校去找我的班主任。晚上回来的时候，她说："这边房子价格涨得很高，我想把它卖掉或者租出去……"我扒着碗里的饭没做任何回应，白日里那个孩子的话一遍遍在我脑子里回想，扎得我的心生疼。

夜里，我收拾好自己的东西，她的房门半敞着，我看到她辗转着在床上没有睡着。我蹑手蹑脚地开门走出去的时候，听到她很警惕地起了床。

坐在小区的椅子上，夜这么黑，世界这么大，我已经不知道应该去哪儿。

我听到她一声声喊我的名字，看到她着急地从小区里跑出去。我躲在黑暗里，张张嘴却说不出一句话。只不过一个星期，我已经知道她的善良，她给我买了漂亮的床，很多的衣服和发夹；她每天都要从存折上取钱出来，为我哗啦啦地花出去；她还无比细心，才不过七天，我吃饭的喜好便被她摸得一清二楚，做饭不再放姜，西红柿记得剥皮……

她的好，让我惶恐。她对我本应该是充满了恨的，因为我的出现，眉眼里全摆明了她男人的背叛。我怎么可以留在她的身边，亵渎她的善良？

天快亮的时候，她在我母亲的小区门口等到了我。她说："你母亲说你没回来过，我知道你会来。"

她只穿着一个外套，里面是单薄的睡衣。这个女人，在冷冷的石板上坐了五个小时，而我的母亲却在她离开后始终没有出来问过。

她说：“大妈对你不够好，是吗？”我摇头，说：“是我配不上你的好。”她摸摸我的头发，说：“小暖，我们搬家。”

只不过两天的时间，我们就从城西搬到了城东。我知道她的意思，因为这里再没人知道我的一切，没人会笑话我。城东的房价普遍偏高，我们原来的房子租给了别人，每月还要再拿出一部分来租现在的房子。她给我找了学校，并和班主任谈了很久。送我到教室门口的时候，她竟然蹲下来亲了亲我的额头。那天的阳光那样好，她的身上像是披了金色的彩霞。

3

我没想到会惹她生那么大的气。十五岁的那年夏天，巷子里的一个李姓男人送了我一串珍珠项链，光泽晶莹而诱人。他带我去他家，给我削水果，倒饮料。

我们刚坐下几分钟，她便砸响了房门。原来她下班早，邻居家的阿姨告诉她看到我进了那个男人的家，她便发疯一样追进来，冲着我大声吼，拉了我就走。我嘟囔着，她却急了，回手给我一巴掌。

打完之后，我们都愣了。她伸出手，想拉我，却又空空地收回去，转身回家。

第二天，她拿了很多钱，带我坐长途车，到了省城的一家西餐厅。看了半天菜单，点了芝士比萨、烤土豆、黑菌鹅肝牛排，还点了香浓的百利甜酒，一杯就三十元。每个都是小小的一份，她自己却不吃。她说："先前怪大妈了，女孩子是要富养的，什么样的世面都见过了，在诱惑面前才不会迷失。那个男人劣迹斑斑，你怎么可以要他的东西？"

这个女人，花了几百块钱带我吃这一餐饭，想让我明白一个道理。我真的懂了，却不是因为这一餐饭，而是因为她满眼的焦急。我说："妈，我知道了。"我叫得有些含混，她却依然听清了，突然，她哭了。

回来的路上，她絮絮叨叨地跟我说了很多。她说，她始终不能有自己的孩子，所以，她理解他，恨过，爱过，最终选择了原谅。

我纠正她，不是爱过，是爱着。

彼时，我十五岁，已经明白了她的爱情，并为此震撼。家里依然有他的东西，他的衬衣领带都整齐地摆在衣橱里，他的父母她依然会每隔几个周末去看望，他的女儿她在养着……如果不是爱情，谁可以做到这些？

4

我十八岁的时候，我的母亲回来找我，我的生母。

她在我的学校门口，让我跟她走。她说："我现在一切都稳定了，你继父答应给你办出国手续，你大妈在给你收拾东西。"她的嘴一张一合，似乎这是再应该不过的事情。她说："那时候，我真的很难，什么都不能给你。"

我摇着头，此时，心里想的全是她——李春花。这些年，她也真的很难，但是，她竭尽所能地给了没有任何血缘的我。

母亲说："我已经跟她说了，她同意我带你走。"我的心轰然而响，怎么可以？她真的如此舍得我？

我一口气跑回家的时候，她在我屋里，坐在我的床上，摸着我的枕头，只这一个动作，便让我的心疼了再疼。她说："你妈给了我好多钱，你看。"

那叠钱醒目地放在桌子上，她拿着它们，挤出笑容。她说："你走吧，要不然，这些钱你妈要收回去的，我现在退休了，这些钱对我有用。"

我离开的时候，在门口给她行了大礼，跪在地上，磕了头。她低着头，直到我离开都没有抬起来，我看到她的脚面上有东西"滴滴答答"地砸下来，湿了一大片。

我没出国，只是去了离她几百里的城市。很快，我便收到她的汇款单，那些钱，她一分不差地给了我，附言上，她说："谢谢你陪我这些年。"我是哭着去邮局的，坐在邮局的台阶上，抱着那些钱不停地哭。妈妈，我何尝不知道她说那些话是为了让我离开，而我哪能不懂她……正因为懂她，我才乖乖离开，过她期望我过上的生活。

5

我每天坐地铁去上班。这个城市的人很多，立交桥复杂得很，常常让我迷失了方向。每次，我都会想起她牵着我一路走的温暖。

我终于留在了这座城市，买了小小的房子。生母跟她的男人去了国外，她说："你不去，我也做不了你的主，反正对你也是仁至义尽了。"

可是，我对她，那个养了我十年的女人仁至义尽了吗？

我们像是有心灵感应，我买了车票回去看她的路上，接到了她的短信。她说："小暖，我很想你……我最近身体特别不好，不知道为什么晕过去两次，这种时候，你知道我是多么多么想你啊！"

她从来没用过这样的语气同我说话，她用了很多的感叹号，让我的心全部揪起来。我退了火车票，改乘最快的一班飞机，其实再赶到机场，辗转着只能快半小时而已……我怎么有那么多的泪水，从安检到候机室，从起飞到降落，我不停地流泪。

邻座的孩子悄悄地问妈妈："这个阿姨为什么一直在哭啊？"他妈妈说："因为她想妈妈了吧。"我咧开嘴对她笑了一下，我真的是想妈妈了！

回家后，她正躺在我的床上，手里翻着我小时候的影集，看到我，竟然是满脸的愧疚，她说："啊，你真的回来了？你看，我怎么这么麻烦呢？"

夜里，我躺在她的怀里，一直想告诉她，你知道我为什么要去北京吗？其实，只是因为她一直向往那个城市。她说爸爸曾经带她去过一次，她说那是她最美的一段时光，于是，便喜欢上了那个城市。她说只要想起那个城市，便会觉得温暖。

我把这话牢牢记住了，我想让她跟着我去那个城市，我想给她我父亲欠她的一切，我想让她一直温暖幸福……

今天是她的六十大寿，写下这篇文章，送给她，我最爱的妈妈！

老爸，别哭

邱长海

小的时候，没有文化的父亲教育儿子：长大了穿皮鞋，当城里人。父亲说，他早年间到城里人家要饭，狗咬他，他拿打狗棍往狗嘴里戳，主人就拿穿皮鞋的脚踢他。

在 20 世纪 80 年代的鲁南农村，皮鞋是个稀罕物。“大皮鞋，呱呱叫，上火车，不要票！”小孩们几乎都会唱这段顺口溜。而对于像父亲这些穿了半辈子草鞋、布鞋的泥腿子们来说，皮鞋就是吃香喝辣过好日子的代名词。

记忆里，我第一次穿皮鞋是在 1982 年。那年我四岁，玩耍时不小心掉进了邻居家的地瓜窖里，摔断了腿。父亲用平板车把我拉到三十里外的县城医院里，医生说，这孩子的腿保不住了，恐怕要截肢。父亲跪下就给医生磕头，磕了一头血泡，医生只是叹息。父亲疯了一样拉着我换了一家又一家医院——孩子的脚都没有了，拿什么来穿皮鞋呢？

后来，几乎绝望的父亲把我抱到城郊医院的老先生面前，老先生在我腿上捏了几下，说，这孩子的腿能治。父亲一下子又给老先生跪下了。

穷人家的孩子生命力就是顽强，同病房的几个城里断胳膊的人每天猪肉炖苔菜加白面馒头养着不见好，我吃着母亲从老家里送来的地瓜煎饼和咸菜，腿却奇迹般好了起来。住了二十多天，医生就通知我们出院了。

我在床上躺了三个月。一天中午，父母从地里回来，把我抱出来晒太阳。院子里有棵小槐树，我扶着它，慢悠悠地站起来，又试着向前挪了一步。“我能走路了！”听到我的喊声，父母从厨房里冲出来，看到我在走路，他们泪水哗哗地往下淌。

那天的午饭，父亲买了五毛钱的豆腐，一家人改善生活——为了给我治腿，我们家已经接近赤贫了。下午，父亲没有下地，挎着炒好的一篮子花生进了城。在我出院后的每周里，父亲都要去这么一趟，先到工人文化宫前卖掉熟花生，再到医院里去拿我一周用的药品。

那晚天黑了很长时间，父亲才顶着一头冰霜回来，进门就到我床前，满脸挂着笑。他变戏法似的从篮子里摸出一双鞋——皮鞋，又从被窝里掏出我的小脚丫，给我穿上，然后心满意足地欣赏着。“我儿子能穿皮鞋了！”他对母亲说。

我至今清楚地记得父亲说那句话时的样子。父亲的话给了我巨大的动力，几年后，我上学了，从小学一年级开始，我的成绩一路扶摇直上，到高一那年，周围几个村子的人们都提前喊我大学生了。

腊月二十七是我们镇上的大集。我穿着拖鞋，把自己唯一的一双白运动鞋洗了，准备过年。父亲杀了家里的一只羊，到集上卖肉换年货。下午的时候，他买了一双皮鞋——实际上是人造革的，喜滋滋地进了门。人家要二十块，父亲还价十块，最后十四块钱成交。他一高兴，拿成了两只一样的。父亲不肯吃饭，执意要骑着自行车去换。他回来的时候，外面纷纷扬扬飘起了大雪，饭已经凉了。

那是我穿的第二双皮鞋。看着头发眉毛上挂着雪花的父亲，我在心里发誓：将来挣了钱，一定给父亲买一双真正的皮鞋。

六十多岁的父亲瞒着我到滕州城里收破烂，人家当破烂扔了一双皮鞋，父亲拾回来，准备回家擦洗一下，穿在脚上过年。晚上，一家人围在火炉边烤火，父亲宝贝似的捧着鞋擦洗。那年我上高三，印象里那是他穿过的第一双皮鞋。可父亲说，他年轻的时候，走南闯北，到大上海时脚上穿过皮鞋的。看我不信，他有些生气，说：“等你小子将来出息了，就给我买双皮鞋，要最好的！”

我不知道父亲年轻时穿没穿过皮鞋，只是知道，爷爷去世得早，父亲跟着奶奶到处逃荒要饭，再后来挑着货郎担子走街串巷，挣钱养活年幼的叔和姑，并给他们成了家，自己到三十多岁才找到我的母亲。儿子还没长大，父亲已经老了。

我大学毕业领了第一个月的工资，给父亲花八十多块钱买了一双百货大楼里打折的皮鞋。父亲不舍得穿，只在过年或走亲戚时穿穿，就收起来。2002 年国庆长假，父母一起来济南，父亲脚上穿的就是我给他买的那双皮鞋。他们在我家住了一周，就嚷嚷着回去。父亲说：“皮鞋有什么好，捂脚！哪有俺在老家穿布鞋舒服。”父亲不知道，儿子买的鞋质量太差，好皮鞋是不捂脚的。我就想着给父亲买双好皮鞋，这一想两年过去了，留给儿子一辈子的遗憾。

2004 年 3 月，父亲走亲戚，路上摔倒，高血压引发脑血栓，在医院里躺了一个月，最终没有站起来。到了中秋节，我从济南回老家看他，他已经瘦得没有人样。他抓住我的手，要我买给他的那双皮鞋。母亲从柜子里翻出来给他，他拿着鞋哭了。皮鞋，对他来说，已经没有用了。一个多月后的 10 月 12 日的夜里，叔家的大哥打电话告诉我父亲去世的消息。四百多里路，我哭着赶回家。母亲说，父亲弥留之际，母亲给他穿鞋，说：“老头子，你这辈子落下个残疾，到那辈子一定得穿鞋走路啊！”

那是我早就给他准备的送老鞋——一双布鞋，按照我们老家的习俗，人走是不能穿皮鞋的！

父亲下葬后的第二天，我把当年给他买的那双皮鞋以及他的衣物在他坟前烧掉了。火光里，晃动着父亲当年冒雪给我买鞋时的情景。想起那句话：“当父亲给儿子东西的时候，儿子笑了；当儿子给父亲东西的时候，父亲哭了。”我忍不住流下热泪。

父亲，你知道吗？在城里，也有人穿布鞋，也许只有在那美丽的天堂里，人人才都有皮鞋穿！

眼泪这么近，背影那么远

包利民

第一次在众人面前痛哭失声，是在多年以后，我作为一名实习教师听别的老师讲课的时候。当时那个老教师讲的是朱自清的《背影》，听着听着，我竟失控地哭出声来，惹得全班四十多个学生都惊愕地看着我。

我想起的是娘，是记事时就知道有着一头白发的娘。娘不是我的亲生母亲，我的父母生了我，却没有养育我。娘是村里出了名的傻女人，那是真正的傻，整天胡言乱语，连生活都无法自理。据说，是她给母亲接的生，她抱着我的那一刻，竟是出奇的平静。她的脸上流露出一种母性的光晕，却是大颗大颗地掉着眼泪。

我一岁的时候，母亲便被公安人员从那个山村带走，从此和父亲开始了漫长的刑期。而我，从此就成了娘的孩子，那一年，娘四十三岁。

当时村里人都认为娘是养不活我的，那么傻的一个女人，连自己都照顾不了，更别说伺候一个刚满月的孩子了。

可是，村里人终于从震惊中明白，有我在身边的日子，娘是正常而清醒的。她能熟练地把小米粥煮得稀烂，慢慢地喂进我的嘴里；她能像所有母亲那样，把最细腻的情怀和爱倾注在我的身上。人们有时会惊叹，说我也许就是上天赐给她的良药。

娘来到这个村子的时候就是现在的精神状态，从此便在这里停留下来，为人们提供茶余饭后百聊不厌的话题。就是在这样的环境之中，我竟也顺风顺水地长大起来，而且比别人家的孩子都结实。

从记事起，最常见的就是娘的白发和泪眼。听别人说，娘以前从没掉过眼泪，自从有了我，便整天地抹泪。我也是很早就知道娘和别人家孩子的妈妈不一样，她不能和我说话，更多的时候，她都是一个人自言自语，也听不懂说些什么。她没有最慈祥的笑容，有的只是无穷无尽的泪水。我甚至感受不到她的关爱，除了一日三餐，别的什么都不管我，任我像放羊一样在野甸子里疯玩儿。正因为如此，我变得越来越不羁和放纵。

上学以后，我并没有受到什么白眼冷遇。这里的民风淳朴，没人嘲笑我，就连那些最淘气的孩子也会主动来找我玩儿，不在乎我有一个傻傻的娘。

事实上，自从有了我之后，除了每日的自说自话和流泪，娘几乎没有不正常的地方了。印象中，娘只打过我两次，打得都极狠极重。第一次是我下河游泳，村西有一条清清亮亮的小河，村里的孩子夏天时都去水里扑腾，我当然也去。从来不管我的娘突然跳入水里，把我揪了上来，折了一根柳条就没命地抽在我身上，打出了一道道的血痕。我那时一点儿也不记恨她，只是不明白，我爬上高高的树顶去摘野果她不管我，我攀上西山最陡峭的悬崖她不管我，我拿着石头和邻村的小孩打得头破血流她不管我，只在那么浅的河里游泳，她却这样狠狠地打我。

还有一次，那时我已在镇上读初中了。有一天她到学校给我送粮，正遇见我在校门前和一个女生说笑。当时她扔了肩上的粮袋，疯了一般冲过来打我，我的鼻子都给打出了血。

我虽然不明所以，可依然不恨她。那时我已能想懂很多事，也从别人口中知道了自己的身世。这样的一个女人，能把我拉扯大，供我上学，所付出的，比别人要多千百倍。我感激我的娘，虽然我不能和她交流，可是我已经能体会到那份爱了。而且，天下的母亲哪有不打孩子的，况且她只打了我两次！

要说娘有让我反感的地方，就是她的眼泪了。不管什么时候什么地方，只要一见到我就哭，这让我打心眼儿里不舒服。别人家的孩子一个月回一次家，当妈的都是乐得合不拢嘴，而我的娘，迎接我的永远只有泪眼。有时我问她："娘，你怎么一见我就哭啊，不如当初你不养我了！"那样的时刻，她依然流泪不止，说不出一句话来。

娘对我从没有过亲昵的举动，至少从记事起就不曾有过。她很少抱我，连拉我手的时候都没有。这许多许多，想着想着便也不去想了，娘不是一个正常的人，为什么和她计较这些呢！

在镇上上学，娘每月给我送一次口粮。她把时间拿捏得极准，总是在周六的下午一点钟准时来到学校门口，而那时我正等在那里。她把肩上的粮袋往地上一放，看上我一眼，转身就走。

我常常怔怔地看着她的背影发呆，那背影渐行渐远，她间或抬袖抹一下眼睛，轻风吹动她乱蓬蓬的白发。每一次我都看着娘的背影消失在街道的拐角处，不期然间，那背影竟渐渐走进我的梦里。

考进县城一中后，娘来的次数便少了，变成了几个月一次。主要是为了给我送钱，娘自己是很难赚到钱的，那些钱，包括我的学费什么的，都是村里人接济的。那些善良的人，自从我进入那个家门，他们对我们的帮助就从未间断过。

高三上学期的一天，刚经历了一次考试，我和一个住校的女同学一边往宿舍走一边讨论着试题。到宿舍门前时，竟发现娘站在那里，风尘仆仆的，三十里的路，她一定又是徒步走来的。她看见我和我的女同学，愣了一下，猛地冲过来，高高扬起手，停了一会儿，慢慢地落在我的脸上，轻轻地抚摸了一下，那一刻，我的心底涌起一种巨大的感动。她从怀里掏出一卷钱塞进我的口袋里，又看了我一会儿，眼角渗出泪来，便转身走了。我转头对那个女同学说："这是我娘……"

那竟是我和娘最后一次见面，她在一个月后的一天夜里，静静地离开了这个世界，这一年，她六十二岁。我常想起最后一次见到娘时的情形，她用最温暖轻柔的一个抚摸，把她的今生定格在我的生命里。

我考上师范的时候，回村里迁户口，乡亲们为我集了不少钱，并在小学校里摆了几桌饭，为我送行。

席间，村主任对我讲起了娘的过去，这是我第一次听到娘的过去。

村主任说，娘原本是邻乡一个村子的村民，丈夫死于煤井中，她拉扯着一个儿子艰难地生活，就像当初养活我一样。她的儿子上了中学后，由于早恋，成绩越来越差，任她怎么管教也无济于事。到最后，她也就不去管了。可是后来，和儿子谈恋爱的那个女生感情转移，儿子也因此退了学，整日精神恍惚。她本来觉得时间一长就好了，可是有一天，这个孩子投进了村南的河里，淹死了。从那以后，她就变得疯疯癫癫，家也不要了，开始了走村串屯乞丐一般的生活。直到到了这个村子，她才在这里安下身来。

那一刻，我忽然就记起了娘打我的那两次，心中顿时恍然。就觉得曾被娘打过的地方，又开始疼起来，直疼到心里，我的眼泪落下来。

以后的生活中，对娘的思念已成了一种习惯，常常于不觉中满眼泪水。我在每一条路上观望，朦胧的目光中再也寻不见那个蹒跚的背影。娘当初的泪水如今都汇集到我的眼中，而那背影已是远到隔世。我最亲的娘，她的眼泪与背影，竟成了我今生今世永远都化不开的心痛。

父爱的深度

风为裳

我跟杨炎结婚八年，没见过公公。开始我以为杨炎是怕我嫌弃那个家，不肯带我回去。于是我积极表态：选了你，就做好了接受你父母的准备，无论他们是穷是富，是老是病。杨炎握着我的手，温情脉脉，却不说话。

有一次，我甚至买好了三张去他家的车票，兴冲冲地摆到他面前，说："冲儿都五岁了，也该见见爷爷奶奶了。"却不想杨炎的脸一下子拉得老长，把车票撕得粉碎。杨炎鼻子不是鼻子脸不是脸地说："冲儿没有爷爷，我也没有爹。"挥手，他把一个杯子摔到了地上。我从没见过他生那么大的气。

我沉默着把收拾好的包打开，把给公婆买的礼物都扔进了垃圾桶里。那个晚上，我睡在了冲儿的床上。

杨炎出身农村，我知道他不是个忘恩负义的人。逢年过节，他都要买很多东西寄回家里。每次打电话，他都说："娘，来城里住些日子吧！"婆婆去了哥哥姐姐家，他总心急火燎地奔过去。看得出他想家，却从不提回家的事，也从来不提他爹。我不知道他们之间到底有什么解不开的心结。

杨炎是家里的老三，他上面有一个哥哥、一个姐姐，都上了大学。这我是知道的。从前我总说："咱爹咱娘真的很伟大，农民家庭供出三个大学生，那得受什么样的煎熬啊！"那时，杨炎总是一口接一口地抽烟，不接我的话。

第二天是周末，杨炎把冲儿送到姥姥家。回来，他接过我手里正洗的衣服，第一次跟我说起我未见过面的公公。

杨炎上初三那年，姐姐继哥哥考上大学后，也考上了本省最好的师范学校。收到录取通知书那天，全家人都在侍弄那二分烤烟地，阳光明晃晃的，把家里人的心情都晒得焦躁。姐姐带着哭音说："我不去了，我去深圳打工，供小炎上学。"

爹重重地把手里的锄头摔在地上。"不上学，也轮不到你！"

杨炎抬起头，说："姐，我十六了，我不念了。"母亲在一边抹眼泪。哥哥蹲在田边，有气无力地说："我再找两份家教，咱们挺挺，我毕业了就好了。"

家里东凑西凑还是没凑够姐姐的学费。爹抬腿出去，回来时，手里攥了一把崭新的票子。他把马上就可以卖钱的烤烟地贱卖给了村里的会计。娘说："就这点地都卖了，咱往后吃啥喝啥？"爹说："实在不行，就让老疙瘩（东北方言里最小的孩子）下来。"

也许爹只是那样一说，杨炎却记在了心里。尽管他说了不念的话，但这话从爹的嘴里说出来，他的心里还是很不是滋味。

姐姐上学走了。爹出去帮人家烤烟叶。爹的手艺好，忙得不可开交。杨炎却因为爹的那句话，学习上松懈下来，反正早晚都是辍学的命，玩命学又怎么样？很快，他便跟一帮社会上的孩子混到了一起。

直到有一天，他跟那些所谓的“朋友”去水库玩了一天回来，看到爹铁青着脸站在门口等他。

见了他，爹上来就给了他一巴掌。爹说：“既然你不愿意上学，那好，从明天起，你就别上了，跟你三舅去工地上做小工！”

他瞪着爹，心里的委屈一下子涌上来，他喊：“凭什么让他俩上学，不让我上？”

爹说：“因为你是老疙瘩，没别的理由。”

他梗起脖子，说：“不让我上学，我就不活了。”杨炎是个说到做到的人。他整整饿了自己五天，娘找来了村里的叔叔伯伯劝他。爹说：“想上学可以，打欠条吧！你花我的每一分钱，你都给我写上字据，将来你挣钱了，都还给我。我和你娘不能养了儿子，最后谁都指望不上。”

他坐起来，抖着手写了字据给爹。他咬牙切齿地说：“你放心，我一分一厘也不会欠你的。”那晚，他跑到村东头的小河边哭了一夜。爹一定不是亲的，否则，他怎么会如此对他？人家的小儿子，不都是心头肉吗？

他上学时很少回家，可是爹却总是以各种各样的理由叫他回家帮他干活。烤烟要上架，他一个人干不过来，要杨炎回家帮忙。麦子黄了，不及时割会掉粒，还要杨炎回家抢收。杨炎咬着牙，拼命地干活，他想：考上大学就好了，考上大学，离开这个家，也就算逃离了苦海了。

那次割豆子，杨炎一镰刀下去，割伤了腿。娘给他抹药时，他说："娘，我是你们要来的吧？"

娘叹了口气，说："别怪你爹，他也是被逼得没法儿了。他怕你们都走了，孤得慌。"

他看了看正在院子里侍弄那半垄萝卜地的爹说："人家的父母砸锅卖铁都供孩子上学，哪像他，一天只知道钱钱钱。一天到晚净干那些没用的。"

爹每年都要在院子里种半垄萝卜，也许是土质不好，萝卜全都很小很小，几乎不能吃，全家人只能喝味道很难闻的萝卜缨子汤。

娘还把萝卜缨子晒干，给他泡水喝。想想他就有气。

上高中时，哥哥毕业上班了，姐姐的生活费也可以自理了。按理说家里的条件好了很多，爹应该对他松一点了。

可是，每次他回家拿生活费、资料费，爹都郑重其事地掏出那张欠条，让他把钱数记在后面，签上名字日期。每次写这些时，他都会咬紧牙关，然后把对爹的感情踩在脚底下。

那年临近高考，家里的麦子又黄了。爹捎信给他，让他回来割麦子。他终于没忍住，回家跟爹大吵一架，他说："你就不能割，干啥偏指着我呀？"

爹狠狠地磕掉烟袋里的烟灰，不紧不慢地说："养儿防老，我不指你指谁？”

他没日没夜地割了三天麦子，麦子割完，他头也不回地回了学校。

那年高考，他考了全乡最高分。他给哥哥姐姐写了封信，信里说，他不指望爹能供他上大学，希望他们可以借他一点钱，这些钱将来他都会还。信里面写得很决绝，那时，他的眼里只有前程，亲情于他，不过是娘的一滴滴眼泪，一点用处也没有。

上大学走的那天，他噙着泪离家，甚至没跟爹打声招呼。他已经很多年没叫他爹了。在他眼里，爹更像是一个债主，有了他一笔笔债压着杨炎，杨炎才能使劲地往外走。杨炎吸了一口烟说：“我能有今天，也算拜他所赐！”

每次走到村口，杨炎回头看家里低矮的土房，总会看到站在门口的爹，正手搭着凉篷向他离家的地方望。杨炎每次都转过头，心变得很硬很硬。

杨炎说：“小云，第一次去你家，咱爸给我剥橘子，跟我下象棋，和颜悦色地说话，我回来就哭了一场。这样的父亲才是父亲啊。”说完，他的眼睛又湿了。

我走过去，把他搂在怀里。我不相信那位未曾谋面的公公会以这样无情的方式对待自己的儿子。难道贫穷把亲情都磨光了吗？

杨炎从一本旧书里找出一张皱皱的纸，我看着上面密密麻麻记着好些账，下面写着杨炎的名字。杨炎说：“还清了这张纸，我不欠他什么了。”

我看得出杨炎不快乐，他对冲儿极其溺爱，他不接受别人说冲儿一点点不好，就连我管冲儿，他都会跟我翻脸。我知道杨炎的心里有个结。

跟单位打好招呼，我对杨炎说要出差几天，然后去了杨炎的老家。

打听着找到杨炎家，有了心理准备还是吃了一惊。家里三个在城里工作的儿女，都寄钱回来，怎么他们还住着村里最破的土坯房呢？看来杨炎说的公公爱钱如命果然不假。

院子里还有半垄杨炎说的萝卜地。每年婆婆还是会寄些晒干的萝卜缨子给我，嘱咐我泡水给杨炎喝。我嫌那味道太难闻，总是偷偷扔掉。

婆婆出来倒泔水，看到我，愣了一下，说："你怎么来了？"我和杨炎结婚时，婆婆去过。

把我让进屋，昏暗的光线里，我看到佝偻在炕上的老人。他挣扎着起来，婆婆说："这是小云，杨炎家的。"公公"哦"了一声，用手划拉了一下炕，说："走累了吧，快坐。"

没有想象里的凶神恶煞，感觉他只是个慈祥的乡下老头儿。

我说："爹，你咋了？"

婆婆刚要说，公公便给她递了个眼色，他说："没啥，人老了，零件都不好使了。"婆婆抹了抹眼睛，开始给我张罗饭。

帮她做饭的时候，婆婆问起杨炎和冲儿。我用余光看公公，他装作若无其事，可我知道他听得很仔细。

跟婆婆出去抱柴，我说："杨炎还在记恨爹呢！"

婆婆的泪汹涌而出。她说：“都说父子是前世的冤家，这话一点不假。他爹那个脾气死犟，杨炎更是八头牛都拉不回来。”

“其实，最疼小炎的还是他爹。你看这半垄萝卜，他爹年年种，就是家里再难的时候，也没把它种成别的，就是因为杨炎内虚，有个老中医出了个偏方说萝卜缨子泡水能补气，他爹就记下了。年年都是他把萝卜缨子晒好了，寄给你们，然后让我打电话，还不让我说是他弄的……”

“可为什么爹当时那样对杨炎呢？”

婆婆叹了口气。

“那时候杨炎在外面交了不三不四的朋友，他爹若不用些激将法，怕是那学他就真的不念了。每次找他回来干活，都是他爹想他，又不明说，谁知那孩子犟，两个人就一直顶着牛……”

“他爹的身体不行了，动哪儿哪儿疼，可是他不让我跟孩子说。他说，他们好比啥都强，想到他们仨，就哪儿都不疼了。他说什么也不肯看病，小炎给的那些钱，他都攒着，说留给冲儿上大学……”

我的眼睛模糊了。父爱是口深井，儿子那浅浅的桶，怎么能量出井的深度呢？娘说：“他每天晚上梦里都喊儿女的名字，醒了，就说些他们小时候的事。他说，孩子小时候多好，穷是穷点，可都在身边，叽叽喳喳，想清静一会儿都不行……”

我站在村口给杨炎打手机，父亲的爱像右手，它只知道默默地给予，却从不需要左手说谢谢……

父亲的爱像口深井，做儿女的我们，常常以为看到水面，就知道水的深浅。可是，终其一生，我们也无法抵达父爱的深度。

你是陪伴我走过风雨的爱恋

无望中的坚持，
不奢望结果的表白，
在最后的时刻不顾一切，
清清楚楚地说：『我喜欢你啊。』

八重樱下

马凌

这是一个真实的故事。

1934年，日本横滨的一所教会中学。老师叫他保罗，叫她苏珊娜；出了校门，同学们叫他大岛一兵，叫她小林加代。而他对她说："最好，你还是叫我郑左兵，那是我父亲给我取的名字。"加代黑色的凤眼一低，浓浓的睫毛拂过，弯下腰郑重地说："哈依。"

两个人一前一后地结伴回家，左兵在前，加代在后。他高高瘦瘦的个子晃晃荡荡地走，有一种桀骜不驯的气质。她虽然穿着学校的制服，依然是微微地弓着背，像那个时代典型的日本少女，踩着小碎步。要过桥的时候，他会站定，扶她一把，两人并肩走上十几步，然后下了桥，再一前一后地走。互相不说话，然而走得安然。

市场附近的那条街的街角，一株很大的八重樱。枝丫重重叠叠的，平日不惹眼，一开起花来，满树的绯红竟热闹出万种风情。走到树下，他站一站，等她赶上来，两人客客气气地说：“沙哟那拉。”然后他向右拐，进入一条青石板巷，回家。

她则继续往前走，二十几步远近就是她家的米店。女佣迎上来接过她手中的书包，热情地向拉门里喊一声：“二小姐回来啦！”

左兵家里迎接他的只有母亲。

左兵的父亲郑孝仁是在中国和日本两地经商的广东人。他在横滨开一间食杂店，专卖中国南货，生意很好，于是就在横滨买下了十六岁的大岛由纪子作为外室。

虽然谈不上感情，但由纪子日本式的温柔顺从较广东老家的两房妻妾要让人舒心得多，所以两人生活一直很平和。郑孝仁每年在日本住四个月，自从由纪子生下小左兵就住五个月。他在，由纪子穿戴整齐殷勤服侍；他不在，由纪子卸下钗环勤俭度日。左兵四岁时，广东家中连着催请郑孝仁回去。这一回去不知怎么就不回来了。

日本的生意由管家代做。由纪子每月去账房领一小笔钱，仅够糊口。一年半载才收到一封信，信上没有称呼，只再三叮嘱好好照料左兵。到了左兵该上学的年纪，就收到账房转来的一个红包，包里有一沓钱，红纸上写：左兵的学费。

日月如流，转眼左兵十七岁了，在教会中学里是一贯的优秀学生。因为是个中国人，还因为没有父亲，他没少受同学的欺侮，但是他不怕。他虽然瘦，但是禁打，也会发疯似的还击，渐渐地也就有了名气。那一次，小林加代在校门口迎住他，说：“放学后我们一起走好吗？我一个人走僻静的路，有些怕，拜托了。”其实加代一向是由家中女佣接送的。左兵当时一口就答应下来，觉得居然有个弱小的日本女孩子请求自己保护，是一件很有面子的事。

那时候，加代是情窦初开的少女，而左兵仍是未谙世事的少年。

每天，清早，左兵走到巷口，远远地就会看见加代在樱树下等着，见了他，微微一笑，弯一弯腰，就跟在他的后面走。日久成了习惯。左兵喜欢下雨天，下雨天加代穿木屐，噼噼啪啪地在身后响着，有板有眼有韵律。雨大了，加代还会半踮着脚，在侧后方举着伞，给他遮一下。左兵喜欢加代那种半羞半喜的样子，觉得女孩子真好玩。

那一年的圣诞节，学校组织晚祷，允许大家穿校服以外的正式服装。左兵一出巷子，眼前竟是一亮：樱树下的加代穿了一件白底织淡淡樱花的和服，红底织银的腰带，又因为雨丝霏霏，还撑着一把红色油纸伞。左兵第一次意识到加代有多美，不知怎的就心慌意乱起来，有一种想马上逃掉的冲动。少年的心啊，真是理不清楚。

1936 年年底，市面上的流言已经很多，大批华人开始返国。在涌向码头的人潮中，左兵紧随着父亲的管家，觉得自己是一滴水。母亲哀恸地哭着，郑孝仁没有让她一起走，她抓着左兵的衣服，泣不成声。

将近中午船快开的时候，加代突然呜呜咽咽地出现在舱门前。她是突然知道消息的，费了一个上午的周折才找到这里。加代筋疲力尽，她扑跪在左兵面前，只是说：“可是，郑君，我喜欢你啊……”

一时间，左兵的心中一片茫然，好像雨中加代的木屐一下子踏在了脑子里，每一下都无限悲凄地重复着：“可是，郑君，我喜欢你啊……”一直到多年以后，左兵才意识到加代说出这句话要有何等的勇气。无望中的坚持，不奢望结果的表白，在最后的时刻不顾一切，清清楚楚地说：“我喜欢你啊。”

日本在左兵的记忆中，便是两个女人头发凌乱、哀痛欲绝地站在细雨中的码头上，她们互相扶持、呼喊，可是一切都是无声的。背景上，一树重重叠叠的樱花，静静地如雨落下……

然后便是四十九个年头。左兵在中国流亡、读书、工作、娶妻、生子、丧父、解放、“大跃进”、当“右派”、平反、添孙、丧妻。和同时代的人们经历着差不多的悲欢，磕磕绊绊的，却也没什么值得过多抱怨。中日建交后，通过红十字会，他知道了母亲的下落：1937 年开始当看护，1946 年死于疾病，简简单单，也没什么出乎意料的事情。倒是时常，他的记忆中会出现一种声音，但是想不起来是什么声音。他老了。

1985 年，他因一些产权问题回了一次日本。中学时代的老同学去饭店看他，走时留给他一张名片和一个返老还童式的鬼脸——名片是加代的。于是他终于记起了那萦回在脑际的原来是加代的声音。加代扑跪在船舱中央，泪流满面，无限凄绝，无限热烈：“可是，郑君，我喜欢你啊！”他拨了加代家的电话号码，凭着一种冲动，这种冲动已经多年不见了。岁月冲走了许多东西，但是最纯净的留了下来，那是因为缺憾造就的纯净。

没有惊叫、眼泪、叹息、懊悔和掩饰，平平淡淡，他约她出来喝茶，说：“我回来了，茶社见好吗？”好像他不过昨天才离开，而一切均可以从现在开始。

她说：“好的，但不必喝茶了吧，我实在不愿毁去我在你心目中的形象。你在樱树下等我，我会从你身旁走过，请别认出我……”他答应了。他们——两个年近古稀的老人，在电话中平静地相约：“再见，来生再相认，来生吧。”

正是樱花庄严凋落的季节，横滨一株古老的八重樱下，站着一位老人。他穿着租来的黑色结婚礼服，手中一大抱如血的玫瑰，四十九朵，距那个铭心刻骨的时刻，已有四十九年。老人站在如雨飘落的樱花中，向每一个路过的老妇人分发他的红玫瑰，同时微笑着说“谢谢”。

四十九朵，总有一朵是属于她的吧。不管她现在消瘦还是富态，不管她现在儿孙成行还是独自寂寞，不管她泪眼模糊还是笑意盈盈，此生此世，总会有一朵花是属于她的吧。老人遵守约定，不去辨认，只是专心致志地分发着他的花。有的老妇人坦然地接受了，客气地道谢；有的老妇人满怀疑虑，可还是接下了，匆匆走过。老人信心十足地向每一位老妇递过红玫瑰，他知道她会从他身边走过，她会认出他，她会取走一朵迟到了半个世纪的花，而来生，他们会凭此相认，一定。

平凡的婚礼

贝安妮

圣诞节前的一个夜晚，大片的雪花在空中飞舞，纽约市郊的一所教堂里，仍有灯光透出。

白发苍苍的老牧师已经在白天主持了三个婚礼，现在，还剩下最后一对新人站在他面前。他们身后是寥寥无几的双方亲属。

新郎新娘着装朴素，一望便知属于生活并不富裕的那种阶层，然而他们气质高雅，可以看出都受过良好的教育。

老牧师已经累了，他渴望快些结束这桩平凡的婚礼，以便可以早早上床休息。简洁的仪式很顺利地进行着，年轻的新郎新娘带着一脸的庄严，甚至还有一点儿悲戚，一言不发地受着众人的“摆布”，与白天的三个婚礼那喜气洋洋的场面迥然不同。“显然他们也累了。”老牧师想道。他又戴上花镜，例行公事地开始了那句每个婚礼都不可或缺的问话：“莫里斯先生，您爱您的新娘子吗？”“我……我不能肯定。”沉静的新郎迟疑着说出了这样一句话，家属们和老牧师都安静下来，他们显然对新郎的回答感到震惊。牧师注意到端庄的新娘也是一怔，但旋即恢复了常态，依旧目不斜视地望着前方。

新郎自己打破了宁静。“我并不知道自己爱不爱她，我只知道她在全心全意地爱着我，而我则一直对她抱着一种无与伦比的依恋之情。从见到她的第一面起，我就知道，我的余生要与她拴在一起了，我们必将在一起相携相挽着走过一生中剩下的所有日子。小时候我是一个十分依赖父母的孩子，等我长大了，除了我的父母，我的那份情感又在她的身上发掘出来，即使我们有短暂的分离，但我的心是充实的，她的一颦一笑、一举一动都好像仍在我身边，我不能想象真要失去她我的生活会变成什么样子。我仍然清楚地记得我们大学刚毕业时同甘共苦地度过的那些日子，我带着外出找工作未得的一身疲惫与沮丧回来时，她会端出仅剩的一块面包，并撒谎她已吃过而让我独享；当然我也记得自己没钱给她买高档的服装与昂贵的首饰，她却穿着破旧的衣服安之若素；她背着我出去给饭店端盘子洗碗，回家来却仍强撑笑颜骗我在富人家里找到了家教的清闲工作。我只知道我将因她对我所赐的一切恩惠而感激她，我只知道我将用我的后半辈子去为了她而努力奋斗，我只希望不再让她重新经历以前的那些艰苦日子，不必为了房租、电费和明天的面包发愁，不必再去忍耐那些我们曾经为之忍气吞声过的呵斥与白眼。我不知道我的这种情感相比她的来说有没有资格叫作爱，我只知道对于她对我所倾注的爱来说，我的这些情感太渺小了。所以我说我只知道她爱我，并不知道我是否是在爱着她。”

所有的人都沉默着。

端庄文秀的新娘眼里含着晶莹的泪，但她努力克制着不让它们掉出来，她抿着好看的嘴角，秀气的下巴颤抖着。

这次是牧师打破了沉寂，他将脸慢慢地转向新娘：“尊贵的小姐，请问，您爱莫里斯先生吗？”

“我……也不知道。”她清了一下喉，继续说下去，“我也只知道他爱我。虽然他不能给我买汽车、别墅和高档服饰，而我到目前为止的渴望仍只是过上衣食无忧的生活，但他在我心中仍是最能干最无可替代的。我们没有汽车代步，但我们一起背着背包郊游却让我感觉快乐如在天堂；没有高档礼服，我们不能参加豪华的宴会和沙龙，但我们一起在陋室里和着舒缓的钢琴曲跳舞时，却让我觉得我们就是这个世界上最高贵的公主与王子；我们有时只能吃上面包与白开水，但我们点起蜡烛坐下来吃时，那种情调胜过了任何豪华的烛光晚餐。我知道现在我们仍然很穷，但我记得去年情人节时，他将一枝红玫瑰递给我时的那副又得意又调皮的神情，可谁又知道，就为了买到花店里这最后一枝处理的玫瑰，他捏着仅有的五十美分在店外的寒风中整整站了两个小时。我们是很穷，但我们有纯真的感情在，我相信凭他的才干，我们终有一天会过上幸福的生活。我将为了让他成功而奉上自己的一切。我也不知道这是不是一种爱，我不知道用‘爱’这个词来表达这种情感还够不够。”

新娘说完已是泪流满面，教堂大厅再次静下来。老牧师这次没有说话，他越过众人的头顶望向大门，却又像在望着大门以外的什么地方。

屋外，雪不知何时已停了，大地一片银白。远处传来风琴伴奏着的《神爱世人》的旋律，稚嫩的童声轻轻重复着最后一句："让爱永埋心底，让爱永埋心底。"月亮从云中出来，银辉洒满了这片圣洁的土地……

来生，还比你快……

周海亮

和千百个老套的爱情故事一样，这故事里也有灰姑娘，也有白马王子，也有试图将他们拆散的力量，当然也有坚守和温暖。故事发生在20世纪的中国，那时候，他和她，年轻得就像树上刚刚结出的两粒果实，青涩，饱满，生机勃勃。

不过那是完全不同的两粒果实：他有国家干部身份的父母，有令人羡慕的城市户口，有高贵儒雅的风度，有魁梧的身材和俊朗的面孔；她呢？生在农村长在农村，父母亲几乎从没有走出过住了一辈子的山村。她不漂亮，不苗条，说生涩的普通话，脸上堆满雀斑。他和她站在一起，给人的感觉极不协调。然而他们却相爱了。白马王子总会爱上灰姑娘，爱情就是这样奇怪。

他们是在大学里认识的。那时学校里办着一份文学刊物，她在上面发表过几首小诗。他喜欢那些诗，爱上了那些诗，甚至爱上了那位写下这些诗的却从没有见过面的女孩。后来在饭堂里，有人指着坐在角落的一位女孩，对他说，看，那就是你的偶像。他看过去，人就愣了。虽然也曾在心中描绘过她的样子，不靓丽，甚至有些土气，但面前的她，还是让他吃了一惊。他想不到那些诗竟是这样一个女孩子写出来的。

可是爱情还是降临了。因为他喜欢她的宁静。她总是一个人默默地坐在饭堂的角落里吃饭。她总是一个人默默地走路。她总是一个人默默地坐在图书馆里看书。她似乎每时每刻都在思考。她安静恬淡，与世无争。那是一种令人心动的宁静，他无法抗拒。

那天他终于下定跟她表白的决心。他走过去，在她面前坐下。她抬头，冲他笑。他说，你好。他看到她的脸红了。爱情就这样悄悄地降临，那一刻，饭堂里阳光灿烂。

没有人认为他们会有美好的结局。所有人都认为他不过是在给自己单调乏味的大学生活增加一点调剂而已。可是他并不这么看。他知道他爱她，她也爱他。他认为这足够了。有爱情就足够了。他认为爱情可以战胜一切，包括社会的偏见以及父母的干涉。那时候的他，对她，对他们的爱情，充满了信心。

可是他们毕业了。他痛苦地发现，他和她即将走进的，完全是不同的两个世界。一个是繁华的大都市，一个是闭塞的小县城；一个是如锦的前程，一个是一辈子的平淡甚至平庸。有时他想说服她放弃去那个县城当教师，可是，他终未说出口。为什么自己不能放弃大都市呢？为什么自己不能放弃所有的优越呢？如果自己不能，那么，他就没有权利，干预她的选择。

这并不是问题的关键。——他认为，这些阻挠尽管存在，但总会有办法解决。问题的关键是，他的父亲竟以断绝父子关系的方式来干涉他的选择。那时候他恨他的父亲，虽然他知道父亲爱他。那一段时间，他的天空总是阴沉沉的。年轻的他突然发现，原来两个人能够生活到一起，仅有爱情，还远远不够。——爱情其实并不能够战胜一切，这个发现让他伤心。

下定和她分手的决心，是在一个午后。是她先提出来的。她说，我考虑了很久，我认为现在分手或许是一个不错的选择。他说，难道没有更好的办法吗？她说，有吗？他就不说话了。是的，就算他可以不去管所有人的偏见，可是他能够不去管自己的父亲吗？就算他可以不顾一切地去爱她，可是相距几千里的距离又让两个人如何去面对呢？那天他拥抱了她，他说，你肯定恨我。她没有说话。

他们是在山脚下的一个茶馆里说下这番话的。他们坐在茶馆里喝茶，外面风雨交加。他们整整喝掉三壶茶，雨终于停下来。他们一起走出去，看满世界的狼藉。他默默地走在前面，她默默地跟在后面，完全是初恋时的样子。可是他们都知道，过了前面的路口，他们就将奔向不同的方向。他往左，她往右。

突然她冲到他的前面。那是一种惊人的快……

一年以后，他和她去了北方的一座小城。对两个人来说，那是一种完全不同的陌生。他租下一间简陋的房子将他们安顿，然后开始了他的创业。他和她就是在这间房子里举行了他们的婚礼的。婚礼上没有司仪，没有亲属，没有伴娘和伴郎，没有同学和朋友。可是婚礼上有音乐，有美酒，有鲜花，有大红的“喜”字，有新郎和新娘。他学着司仪的样子对她说，你愿意嫁给我吗？从此以后，不管疾病、贫穷、战争、困苦，你都会与我相亲相爱、白头偕老吗？她被他逗得咯咯地笑。她说，我愿意。他就蹲下来，郑重地为她戴上一枚戒指。很小的钻戒，他戴得专心致志。

父亲来看过他们几次。他知道，他和父亲之间的坚冰正在一点一点地融化。父亲问，过得还好吗？他说，还好。父亲问，缺钱吗？他说，不缺。父亲问，需要我和你妈帮忙吗？他说，不用了。父亲就笑笑。那次父亲给他留下一笔钱。父亲说创业除了需要激情，需要勤奋，还需要本钱……你不用推辞，这是我借给你们的……祝你们幸福。——父亲并没有和他断绝父子关系，父亲似乎更爱他了。——其实，当一个人义无反顾地去爱另一个人，谁也阻挡不了，什么也阻挡不了。最终，所有人都会被深深地感动。

是的。爱情真的可以战胜一切，包括社会的偏见以及父母的干涉。

在这座小城里，他慢慢地显示出自己非凡的经商才华。他在生意场上摸爬滚打，开起了公司，生意越做越大。几年后他成了小城的成功人士，经常应邀出席各种会议。他穿着质料考究的西装，坐着豪华的私人轿车。他有着挺拔的身材和英俊的面孔。他彬彬有礼，光芒四射。这样的男人对女人来说，当然是有吸引力的。

的确，他经历过各种各样的诱惑。给他诱惑的，有女人，也有女孩。他总是小心翼翼地与她们保持着最适当的距离。他总是说，我有自己的妻子，她是世界上最美丽最善良的女人。这世上，我只爱她。

可是没有人认识他的妻子。当别人问到，他总会笑一笑。他说，等些日子，我会带你去看她。

终于，那一天，他要把她介绍给自己的朋友了。那天他请了很多朋友。他让朋友们在客厅里等候，一个人走进卧室。几分钟后，他和她再一次出现在朋友们的视野里。在场的所有人，全都大吃一惊。

那是怎样的一位女人啊！她坐在轮椅上，身体僵硬。她歪着头，对所有的人微笑。她的脸上几乎没有一块完整的皮肤，那是重度烧伤的标志。虽然她的头发整洁有型，可是却没有光泽，很显然，她戴了假发。还有她的手。她只剩下一只手。那只手蜷曲着，上面堆满烧痕。那只手的无名指上，戴着一枚很小很精致的钻戒。

朋友们都尽量不让自己表现出丝毫惊讶的样子。可是她的出现太过突然，她的样子太出乎所有人的意料。他们几乎没有办法掩饰自己的表情。

他对所有人说，这是我的妻子，这是我相依为命的妻子。今天，正好是我们结婚整整二十年的日子。然后，他给朋友们讲述发生在多年前的那个故事：

……他默默地走在前面，她默默地跟在后面，完全是初恋时的样子。可是他们都知道，走过前面那个路口，他们就将奔向不同的方向。他往左，她往右。他们看着雨后的街道，世界一片狼藉。

突然她大叫一声，当心！那一霎间，他看到，他前面有一根裸露的电线，正在向他飞速地爬行。

是的，爬行。他从来没有见过那样爬行的电线。它像一条蛇般蜿蜒向他靠近。它的速度像一支射出来的利箭。那是一根高压线。肆虐的狂风刮倒了一根电线杆，高压线被他吸了过来。一场灾难即将降临。

那一霎间，她从他的身后冲了上来。她什么也没有说，只是不顾一切地扑向那根高压线。他看到，她伸出一只手，准确地抓住了那根高压线。

他的面前升起一朵灿烂绚丽的烟花。他知道，那是她在燃烧……

他对朋友们说，我爱她。就再也说不出话来。很长时间后，他当着那些朋友的面，热烈地吻她。所有人都看到，他和她的眼睛里，同时流出了眼泪。

他们也常常谈论到死亡，他们并不回避。像千百个老套的故事一样，他握着她的手，说，今生你给了我无尽的幸福。如果有来生，还做我的妻子，好吗？

她使劲地点头。然后，她认真地说，如果有来生，如果还有那样的一场灾难，我希望我的动作，还比你快。

他轻轻地笑，推她到阳台。他们一起看城市里夜的灯火。他们知道，每一盏灯火里面，都藏着一个动人的爱情故事。那些故事或许和他们的并不相同，可是，所有故事的结局，都让两个人走到一个屋檐下，在夜里，共同点起一盏灯火。

灯火里或许有疾病，有贫穷，有战争，有苦难。可是，只要还有爱情，真的足够了。

病床上的风花雪月

佚名

他们是经别人介绍认识的。

那时，所有知青都返城了，只有他没有门路，留在了北大荒。年龄也大了，于是有热心的大姐介绍了当地的女人给他，没见几面就结婚了。

他是知识分子，心思细密，而且写诗填词非常风雅。而她是不识几个字的农家女子，缺少了几分女性的温柔与灵动，比男人还要男人，大着嗓门和他嚷。他以为所有女人全是温柔似水的，却不知道，还有这样粗犷的女子。

于是吵，三天一小吵，五天一大吵。

结婚多少年，吵了多少年。

到后来，孩子们都习惯了他们的吵，他们如果不吵，好像家里就少了点什么。

再后来，他提出了离婚，她坚决反对：“我不离，一我没有胡搞，二我全心全意为了这个家，凭什么要我和你离婚？打死也不离。”

婚离不成，日子还是要过。

他选择了分居，离家出走。

因为不喜欢和她在一起，所以，在四十五岁办了病退之后，他总是离家出走，到全国各地旅行。只要看不到她就行，看到她心里就犯堵，他宁可一个人行走江湖。最长的时间，他有两年漂泊在外。

他是在火车上犯的病。

心脏病突发，医生从他口袋里找出唯一的电话号码，是家里的电话。

那时，正是半夜，接了电话，她哇哇哭着，叫着“冤家”，跟着儿子就去了。她血压高，可非要去，儿子说：“你这不是去添乱吗？”

她说：“添乱也要去！”

到了外地的医院，她扑过去，几乎倒在他身上。

他已经昏迷，她却拉着他的手说：“老头子，从今以后，我再不让你生气了，我不嚷了，你回家吧，你不能有个三长两短啊。”

他的心脏坏了，得换心脏。她一听，吓呆了。

医院联系到了一颗年轻的心脏，可做手术得要二十多万元，她哪儿来的钱？孩子还在上大学，自己的工资只有这么多，她做了一个让人意想不到的决定：卖房子！

几十年的老房子，卖掉了。

他并不知道她卖了房子。他在医院里躺着，看她进进出出地忙碌。一夜之间，她的头发全白了。

当他看到她头发白了时，他说："你这是何苦？"

她说："我得救你，你不能死。"

临做手术前，她在他的手腕上脚腕上全拴上了红绳，她说："让老天爷保佑你，我相信你能过这一关。"

做手术的时候，她跪在了手术室外面。

大夫说："你这么迷信吗？"

她说："我只为他才迷信。"

当他知道这一切时，掉泪了。

他没有想到她对他这样好，而他这二十多年来对她却是冷漠且绝情的，认为她配不上他、她没有多少文化、她太男性化、她不懂风花雪月……到最后，怜他爱他的人却只有她。

她白了头发，显得更难看了，脸上有很深的皱纹。他却不嫌了。手术之后，他的脚总是凉的。于是，她每天给他按摩脚，每天三个小时，直到脚心全热乎起来。

他问："臭吗？"

她答："我不嫌。"

她就抱着他的臭脚丫子，天天按摩着。

不久，他出院了，换了年轻人的心脏，比从前更健康了。她卖了的房子，他又买了回来。

从前一直想离婚，他留了心眼，攒下了不少私房钱，现在，他全拿了出来，然后问：“你怪我吗？”

“不怪。”她说，“我不怪你的，是我不够好。”

让他想不到的是，这次，她居然提出了离婚。

她说：“二十多年了，你一直想和我离婚，我一直死拉活拽不离，现在看你又活了一次，在生死边缘上打了一个转，我想通了。人来一世不容易，我得成全你，咱离婚吧，你再找个好的去，我不配你。”

当她说完这话时，他一下子抱住她：“亲人，哪里还有比你更配我的？这次大病让我知道，你的左手抓的是亲情，右手抓的是爱情，我两个都跑不了了；也让我明白了，什么是真正的爱情，大难来临时，那个站在你身边的女人，一定是最爱你的。”

他说，别说离婚，以后，我不许你离开我半步。

从那以后，他天天缠着她跟她去散步，两个人在夕阳下，说着话，散着步。买菜回来，他学会了擀皮，包饺子时做她的助手。她学会了煲汤，只因为他喜欢喝。

他对朋友和亲人说，从前总在寻找爱情，以为自己找到的不是爱情，其实，爱情也许就在身边。只要用心发现，总会有爱情。

他对她说，我们是两棵树，紧紧依偎着，根纠缠在地下，叶相握在云里。她仍然听不懂他说什么，可是，她知道，他擀的饺子皮是最好的，因为，里面有了爱情的味道。

两只小老鼠的爱情

佚名

天气越来越冷了，早过了收割的季节，往日麦地里遍地的粮食早已不见，早先秋日里存储在地洞里的一点过冬的粮食也被农民无意间的一锄头彻底毁灭。

这日子该如何再过下去啊。

我忧愁地看着肚子日渐明显大起来的熟睡中的妻子……是哦，我快做爸爸了，要真正尽起一个男人的责任了。可是，家里一点余粮都没有了。我可以啃点草根对付过去，可是我不能让妻子饿着了，不能让她肚子里的我们的孩子饿着了。

那时候，我想娶她，她妈妈嫌我们家穷，我对着她妈妈发誓："我活着一天就绝对不让您的女儿饿着一天。"她妈妈被我们的爱情感动了，把她的女儿许给了我。从那一天起，我就是这个世界上最幸福的老鼠了，我默默地为她做着一切，不让她受半点委屈，让她做这世界上第二只最幸福的老鼠……我爱她胜过爱我自己，我可以为她轻轻用牙咬掉她指甲里的污垢；我可以为她跟在村头二妞后面一天为她捡够她爱吃的瓜子；我可以为她哼着小夜曲看着她入睡的样子而彻夜不眠。

我是多么爱她啊，爱她明亮的眼睛、爱她尖尖的嘴巴、爱她那湿润的鼻头、爱她带点棕色的皮肤……可是，可是，现在我连明天的早餐都不能为她准备出来。我爱她，可是连明天的早餐在哪里我也不知道。

我再去找找看吧，也许能在泥地深处挖出秋日收割落下的一点米粒，虽然我已经找了几十次，虽然每次都是把指甲挖出血来了还空手而归……我再试着去大表哥家借借看吧，也许表嫂同情我了，不再那么尖酸刻薄地骂我了。虽然我已经去了七次，每次都被她指桑骂槐，为了她我也许连自尊都可以不要了吧……我再试着进村子那些屋子里求家鼠分一点给我吧，虽然我已经被他们揍了四次，每次都骂我："田鼠臭不要脸的去家鼠家当乞丐！"可是为了她这点痛算什么，这点辱骂又算什么？

我又回来了，还是什么都没有……

看着她睡觉的安详的样子，我知道她已经一整天没有进一粒米了，我心如刀割。虽然我也已经三天没有吃一点东西，可是我是男人呀，我不能让她受一点饥饿、一点委屈。可是，我真的一点办法都没有了，我想哭，却一点眼泪都哭不出来。我答应过她，我永远是一家之主的男子汉，我永远不会让她感觉到一点危险，于是，我早就忘却了哭的滋味。哎……还是去外面吹吹冷风吧，也许寒冷会让我减少一点饥饿感吧。

“小老鼠、小老鼠，我看你一整天了，怎么了？看你饿得直哆嗦呢。”嗯嗯嗯，有人叫我呢。我早习惯了被忘却的滋味，想不到还有人记得我，我心里有点激动。我抬头望去，哦，原来是每天都飞来飞去的鸽子大姐。

“嗯，我找不到吃的。”

“去城里吧，城里好吃的多着呢。”

她还对我笑了。说完她就飞走了，她说：“一直往南走就是城里。”

城里？这村子里就爷爷去过城里了，小时候爷爷活着的时候是和我讲过城里到处都是好吃的好玩的，天上的白云都是棉花糖，地上的石子都是巧克力。

嗯！去城里，我的肚子也一下子不饿了。我要带上我最心爱的人去城里！

我叫醒了她，我带着她又去求明天就要去城里运货物的牛大伯，求他带我们夫妻一程。牛大伯可怜我们，于是就答应了我们，不过他让我们躲在他耳朵里面，不准出声，别让他的主人看见。

嘿，我好开心，明天就能去城里了，我不再让我的爱人挨饿了。

第二天，我们早早就躲进了牛大伯耳朵里，他的主人一声鞭响，车子就出发了……

我和妻子紧紧地抓住牛大伯的耳朵。一路上很颠簸。也不知道过了多久，听见牛大伯叫我们了：“下来吧，两个小东西，到城里了。”我和她一起兴奋地跳到地上，我搀着她的膀子，一起对着牛大伯鞠了个躬，向城市走去，远远地听见牛大伯的声音，不知道是粗粗地喘了一口气还是叹了一声气。

我抬头望天，却望不见天，一栋栋大楼遮挡了我的视线；我低头看地，也看不见地，一块块混凝土早覆盖了大地。

我和妻子怯生生地站在墙角，面前马路上川流不息的人群和那一辆辆呼啸而过的怪物让我们头晕眼花，那喧闹的声音让我们头痛欲裂。在这里我真正感觉到自己是一个外乡人，我找不到一点归属感，我开始怀念起我的家乡来……

也许，地里还能找出一点粮食，也许表嫂回心转意了，也许家鼠们念在远亲的份上……

可是在这里，我一点勇气都没有，我一点能耐都施展不出来……我开始有点想哭。

妻子眼尖，她尖声叫起来："亲爱的，马路对过有一个窗子里有好多蛋糕！"

我也看见了。我好兴奋，上次吃蛋糕还是她过生日的时候，我拼死从村主任家宝贝儿子手里抢来一小块蛋糕，那时候我还在追她……好甜蜜的回忆，她好喜欢吃蛋糕的。我的精神头一下子就来了。我拍拍胸脯："我们过去，我一定帮你把那蛋糕搞到手！"

我拉着她的手，开始奋勇地跳着从人缝里穿过去。人太多了，我们跳来跳去，妻子不小心跳到一个胖女人的鞋子上，那胖女人尖声叫起来。紧接着整条街上的人都对我们注意过来，很多人开始用脚来踩我们，用手里的杂志来拍打我们……我死拽着妻子拼命地躲闪……这时候，我才意识到"老鼠过街，人人喊打"对我们老鼠而言是多么可怕的事情。

还好，我看见前面有一下水道，我拉着妻子跳了进去，总算过了大街。不过，我在跳下水道的时候把脚给扭了，可我装作无所谓，一点都不疼的样子，我不想让她知道了心疼。

过了一阵子，我确定大街上的人已经忘记我们两只小小的老鼠了，便让她躲在下水道，自己悄悄地钻了出来。我顺着墙根往那个蛋糕店摸过去……一步、两步、三步，我看见那蛋糕了，我一头向那蛋糕扑去……“咚”我显然撞在了什么上面，可是我眼前似乎没有什么，只有蛋糕，可是头上的那个大包是真实存在的。我用手指了指，蛋糕和我之间确实有东西。我冲不过去，我不知道那是什么，那看起来好像是透明的东西阻挡了我。也许，那是城里人玩的什么专门对付我们老鼠的把戏吧。我偷偷看了看店里，里面全是人，那穿白衣服的人看起来好凶。刚才在大街上的险境让我对城里人充满恐惧感，我实在没有勇气在光天化日之下到他们眼皮子底下哄抢他们的蛋糕。没有办法，我只有等天黑。

回到下水道，我紧紧地抱着妻子，我用我的耳朵贴在她肚皮上，我听不到我儿子的声音，我只听见她的肚子在咕咕叫。终于，我的眼泪不自觉地顺着眼角滑落，我哽咽着对她说：“对不起，让你跟着我受苦了……”她只是用手摸摸我的额头的大包：“你还疼吗？只要和你在一起，就是最幸福的事情了。”

终于到了晚上，我和她一起溜到店门口，店里一个人都没有。我和她偷偷地从门缝里溜了进去，我环顾四周，见店里到处都是蛋糕，我开心疯了。我抱着她，死命地吻着她：“老婆，老婆，我终于让你吃个饱了。”可是，很快现实的残酷打破了我的兴奋。和白天一样，那些蛋糕好像被什么透明的东西装在了什么盒子里，实在弄不开。只是能看得见，却摸不到。我急得团团转，我好心焦。

“老公，地上有一块蛋糕。”妻子叫我。

我看去，果然是有。不过，我同时也看见了，那蛋糕旁边是个老鼠夹子，我知道这是城里人用蛋糕做诱饵来捕我们的。可惜，这玩意我们那旮旯乡下也有，我早见识过了。我暗想：我一定要用法子帮我妻子弄出那块蛋糕让她吃到。其实这也难不倒我，在乡下的时候，我就常常用我的尾巴在老鼠夹子下面勾出我想要的东西，而那破夹子根本伤不到我分毫。不过，这是城里，城里人好狡猾的，他们的老鼠夹子也许同样很狡猾。为了她，我豁出去了！

我趴在地上，小心翼翼地用尾巴轻轻地去勾那蛋糕，一寸、两寸、三寸……我终于把它勾出来了！

我命令妻子：“为了我们的儿子，你必须吃下去。”

“不，我一半你一半。”

我不由分说，我硬把蛋糕塞进她嘴里。“吃下去！”我恶狠狠地对她说。这是我们结婚以来，我第一次大声音对她说话。

时间过去不长，妻子突然满地打滚，大声叫唤起来：“疼死我了，疼死我了……”

我心里咯噔一下。完了，城里人太坏了，不但用了老鼠夹子，连做诱饵的蛋糕里也放了老鼠药！乡下人从来不会下这连环套子的！城里人太狡猾了！

“我渴！我渴！我渴！……”妻子的叫唤一声高过一声。

我疯了似的到处找水，可是，整个屋子里没有一滴水，连一滴都没有。

对了，我还有口水！我对着她的嘴，从自己嘴里大量地分泌口水，我吐啊吐啊，快连自己的胆汁都吐出来了，一点点的口水都没有了……我感觉我的喉咙都快断掉了……可是，我一滴口水也分泌不出来！她的声音慢慢地小下去，她的嘴角开始大量地涌出血来。

我从未感觉到死亡离我是那么近。我死死地抱着她，疯了一般帮她擦去嘴角的血沫，可是一遍一遍又一遍，我擦的速度远远跟不上它涌出来的速度。一辈子、一辈子从来没有如此清醒过，我意识到：她将永远离开我了，我将永远失去她了！

我不哭！我不哭！我不哭！我不哭！……我一点都不想哭……

抱着她，我轻轻地跳上一边的老鼠夹子，“咯啪——”我清清楚楚地听见我的腰骨被夹断的声音。

可是，我不疼！我不疼！我不疼！我不疼！……我一点都不疼！……

我吻着她的脸，默默地想着最后一句想对她说的话：“如果有来世，还让我们做一对小小的老鼠，笨笨地相爱，呆呆地过日子，拙拙地相恋，傻傻地在一起，即使大雪封山，还可以窝在暖暖的草堆，紧紧地抱着你……”

我钟爱的女人

欧文·坎弗尔德

每年，埃塞尔都将家庭逛集贸市场的计划列入她的预算，因此在赶集的日子，我们一家十二口便挤在面包车里，向康涅狄格州的高申科恩乡村集市进发。

“记住。”埃塞尔叮嘱孩子们，“要待在一块儿，别去碰那些动物。今天我们不骑马，但待会儿你们将得到一个惊喜。”

那是1968年，我们最小的孩子才八个月。埃塞尔推着婴儿车，我带领其他的孩子——从两岁到十一岁的小不点儿们。我们在集市上漫步浏览，那儿有许多东西值得看一看。碰到朋友时便停下来和他们聊几句。

走了一半，埃塞尔朝鸡舍旁的阴凉处走去。孩子们立刻猜到将得到什么好东西了，呼啦一下围拢过来。

“好吧，谁想吃汉堡包？”当欢呼声平息过后，她从钱包中掏出一些钱，仔细地数了数，将刚好够买汉堡包的钱递给我，“带凯文、凯瑟、斯蒂文和夏罗去帮帮你。”

接着她另外给最大的孩子琳达一些零钱并吩咐着：“你和希拉、欧文去买些苏打水回来。我带其余的孩子去看小鸡。”

一路上，我不时地停下来回头看看她，她身穿粉白相间的格子短裤、白衬衫和网球鞋，虽然她的身段已经有点走形发胖，可看起来仍像个青春少女。“你们妈妈可真漂亮！”我对我照看的孩子们说。

如果她听到了，定会皱起眉头。“你真是浪漫得无可救药了。”她经常这样说道。

饱餐一顿后，我们又汇入人流中，直至到了该回家的时候。

“我们非得走了吗？”孩子们嚷嚷道。

“是的，我们已经度过了一个相当愉快的上午了。”埃塞尔说。

“那我们的惊喜呢？我们会有玉米吃吗？”

“当然，玉米已经买了——你们谁要气球？”

孩子们再次欢呼起来。她又掏出些钱，递给我并对孩子们说：“和爸爸一块儿去。”然后对我说，“记住买不同颜色的气球。噢，那些蓝色的不是很漂亮吗？”

我买回了十个气球。我非常惊讶她的预算中竟包括这个。十美元对于我们可谓是一笔不小的财富了。

晚上当我们啃着香甜的玉米时，孩子们中有人说道：“噢！今天玩得可真快活！”气球中有两个已经爆了，另有一个飞上了天。不过其余的几个在后来的一两天里都飘浮在起居室的天花板上。

埃塞尔是精打细算的天才，但我看短命的气球实在是相当奢侈的东西。

“孩子们总得从集市上带回点儿什么。”她解释道。

以后我们每年都到高申去，但买的汉堡包却越来越少。到了1980年，便只有埃塞尔和我两个人去集市了。我们称之为“约会”。

最难忘的集市约会是1987年的那次，也是我们最后的一次。我们已成了年轻的祖父母，和最亲密的朋友期待着度过五十多岁令人兴奋的时光。日子已不那么拮据。我们的婚姻非常美满，因为在三十二年里的每一天，我们都将对方放在首位。

现在她已是满头银丝。我则长了个不小的啤酒肚。埃塞尔常常提醒我应该减肥。但是在去集市的日子里，她总稍稍纵容我一下。

当我暗示说胡椒味的比萨饼相当美味时，她惊呼：“欧文，现在可才上午九点钟！”

“一个男人在大太阳下走了这么久，感到饥饿是理所当然的。”

“好吧，我答应你，可你现在吃实在是太早了。”在集市上我们一边开玩笑一边和朋友打招呼。然后，我们去看家畜鉴定展览。

“知道吗？你穿短裤仍然非常漂亮。”

“噢，别说了。”

“可确实是这样。”我牵起她的手。

“欧文，我们都五十多了！”不过，她并没有缩回手。我们手牵手继续走着，就像十九岁时一样。

“看那个浑身肌肉的家伙。”她低声说道，“他在女朋友面前展示肌肉呢。”

“没什么了不起。”我说，“我同样可以做到。”她用胳膊肘捅了捅我的大肚子，放声大笑。

我们一直待到下午，她买了香喷喷的玉米。有几个孩子要来吃晚饭。当我们驾车离去时，我告诉她，这是迄今为止最美妙的一次约会。

一路上，我一只手驾车，一只手握着她的手。后来我常想是否那时她已意识到自己活不过一年了。我想她肯定是知道的。

失去了她，才发觉季节的变化是那样难以忍受。从前，她全身心地爱着我，用她的爱保护我。她从不曾说过：“我们俩一起肯定能做成。”我们能做成事情是因为我们努力。她从没有要求我拥有一颗善良的心。而只是她自己有一颗善良的心并相信我也能做到这一点。当我消沉时她从来不说：“我不会放弃你。”她就是从没产生过放弃的念头。

在她去世后的第一个九月，我独身一人去了趟集市，希望能在那儿减轻孤独的感觉。我本是去寻找平静的，可去后才发现其实自己是想寻求她的身影。我走在了无生趣的路上，对食物再也提不起丝毫兴趣，也无心观看牛的鉴赏会。这只能是我俩共同的节日，我俩共同的集市，但她却不在了。来这儿是多么大的一个错误啊。

我快步往回走，好似要将痛苦甩在身后。这时我看见了那个卖气球的人。我停下脚步，凝视着他，静静地回想着过去。

“我买那个蓝色的。”最后我说道。

在荒凉的乡村墓地，我将系着气球的一篮鲜花放在她漂亮的墓碑前。碑上刻着：

埃塞尔·坎弗尔德，亲爱的妻子，十个孩子的母亲。

这时，一个年轻的父亲和他的儿子突然出现在我的眼前。那个小孩大约三岁，当他看到气球时，非常兴奋。

“嗨。”我招呼着，“过来一下。”我弄断了绳子，将气球递到小孩的手中，“从集市上买的，喜欢吗？”我知道埃塞尔一定会很高兴地看到我这样做的。

我笑着驾车离去，仿佛听到她也在跟我一起笑。她活在我的心中，我知道她会永远活在我的心中。

得去买几只玉米，我暗自思忖。有些孩子肯定会回来的。我们在集市的日子里应该吃玉米。

我一生都在等你

[俄]维·托卡列娃

1

阿尔塔莫诺娃只考了一次，就很轻松地考上了音乐专科学校。入学考试的时候，她弹了柴可夫斯基和肖邦的曲子，还表演了一些技法。基列耶夫和她一起参加了考试，但是没有考上，他作曲得了三分，只差一分而没被录取。基列耶夫的乐感非常好，难以弥补的是他弹错了五个音符。当时，阿尔塔莫诺娃很想走到他面前，对他说，他是所有人当中最有才华的。但她有些不好意思：他也许会把同情当作怜悯，并因此感到羞辱。

秋天开始上课时，全班聚集到了一起。基列耶夫竟然也在这个班里，显然他是走了后门。音乐就是上帝，学校就是殿堂，现在突然来了个走后门的人，多么鲜明的反差！在班上大家当着基列耶夫的面什么都不说，但是却有意疏远他。对此，基列耶夫也假装不在乎。不过，阿尔塔莫诺娃看到了，并且明白这是怎么回事，心里很痛苦。

在教室里，阿尔塔莫诺娃和基列耶夫通常坐在一排。她替他在餐厅排队，买灌肠和蜜糖饼干。而且每逢考试时，总是提前把自己的提纲借给他。要是基列耶夫说他看不清她的笔记，阿尔塔莫诺娃就大声念给他听。

那是考试结束后的一天，他们在阿尔塔莫诺娃家的厨房里自制早餐。他们炸的土豆，是基列耶夫洗的，洗得很认真，好像他一辈子就是干这个的。他们把保加利亚绿辣椒、葱、香肠和土豆炖在一块儿，上面浇上鸡蛋。基列耶夫把这称为“乡下早餐”。阿尔塔莫诺娃觉得这样的食物和词语的搭配很有新意，近乎完美。

为了驱除睡意，基列耶夫坐下来弹琴。他喜欢的作曲家是普罗科菲耶夫，阿尔塔莫诺娃认同的却是柴可夫斯基。柴可夫斯基的曲子多么优美啊，屋里的墙壁多么好看啊，生活太美好了，阿尔塔莫诺娃萌生了爱情。

一开始阿尔塔莫诺娃并不知道自己爱上了基列耶夫，只是有时候会想他。当时所有的人都知道，阿尔塔莫诺娃也知道，基列耶夫娶了个妻子叫鲁菲娜。结婚的时候，他刚二十岁，可鲁菲娜已经三十岁了。她漂亮得难以形容，以致基列耶夫神魂颠倒，把她从一个大人物那里抢了过来。为了纯粹的爱，鲁菲娜搬出了五居室的房子，然后和基列耶夫开始了共同生活。这时，鲁菲娜看到了差别：床铺、餐桌的摆放位置，还有餐桌上的食物，和以前都不一样了。

基列耶夫在露天舞场和婚礼上挣外快，他把微薄的薪水装在信封里连同一直难以消逝的愧疚都交给鲁菲娜。鲁菲娜不满意，基列耶夫也抬不起头来。这一切阿尔塔莫诺娃都知道，不过，了解归了解，却于事无补，一切照旧：没有基列耶夫，她简直无法呼吸。

要好的女友听阿尔塔莫诺娃讲了好长时间，说："你要是实在忍不住，就告诉他，这样你就会平静下来。"

说，还是不说？整个四月和五月，阿尔塔莫诺娃都在思考这个问题。

说吧，万一他不需要这份感情呢？爱情是高尚的，阿尔塔莫诺娃怕伤害自己的自尊心。或者他可能回答："我喜欢另一个女人。"这样，他们俩就不能像从前那样一起在学校食堂排队，一起吃小灌肠，一起喝咖啡；就不能一起去图书馆；她就不能在他们一起乘坐电梯时仰着脸看他了。不能说，不能摊牌。还有一种可能，一切都说了出来，他只是有保留地同意。于是，她成了他的情人，他会经常看表，变成一个行色匆匆的男人，在鲁菲娜面前的愧疚更加沉重。这种矛盾不会给他增加幸福。

最好不说，让一切保持原样。

就这样，阿尔塔莫诺娃给爱加了锁，而钥匙交给了女友。

夏日的一天，门铃突然响起，阿尔塔莫诺娃打开门看见了基列耶夫。他站在那里，表情严肃，甚至庄重，却有点不自然。阿尔塔莫诺娃等他说话，他却一言不发。

“你有《儿童乐谱》吗？”基列耶夫终于问道。

“大概有吧，你要它干什么？”

“我想改编，把它编成现代风格的曲子。”

“为什么改编柴可夫斯基的？最好是改编普罗科耶夫的。”

基列耶夫没有回答。阿尔塔莫诺娃发现他喝醉了。

基列耶夫进来后，站在了过厅中间。阿尔塔莫诺娃想，在哪能找到柴可夫斯基的《儿童乐谱》呢？阿尔塔莫诺娃搬来一个凳子，想爬到阁楼上去找。突然，基列耶夫一下子抱住了阿尔塔莫诺娃，一声不响地把她从椅子上抱下来，然后进了卧室。阿尔塔莫诺娃一句话也说不出来，他抱着她像抱个孩子似的。阿尔塔莫诺娃脑子里乱糟糟的：同意还是不同意？他知道自己爱他，非常爱，而且已经爱了很长时间了，这正是个机会。可他一句话也不说，而且还醉醺醺的样子……

第二天，阿尔塔莫诺娃像往常一样给他买了小灌肠和咖啡。基列耶夫吃着东西，眼睛望着空旷的地方。他不记得了，阿尔塔莫诺娃想，要不，问问他？可怎么问呢？问他，你记得吗？他准会说，什么事儿？阿尔塔莫诺娃什么也没有问。

2

社区医生问她要不要把孩子生下来。

“我不知道。”阿尔塔莫诺娃回答说。

“您考虑一下，但时间不要太久。”医生建议道。

阿尔塔莫诺娃有两周的考虑时间。说还是不说？说吧，基列耶夫可能想不起来了，因为他当时喝醉了。假如他还记得，但是又从哪说起呢？如果他不打算改变自己的生活，那就意味着他不想要这个孩子。她呢，如果想要的话，就给自己生个儿子，最终这是她自己的事情。不知为何，阿尔塔莫诺娃一直坚信会生个男孩儿，小基列耶夫。但是他以后怎么生活呢？所有的孩子都有爸爸，可她的孩子却没有，只有妈妈和外祖母。小基列耶夫甚至连姓都没有，只能姓母亲的姓。

发奖学金那天，阿尔塔莫诺娃到了学校。在取款处她突然遇到了基列耶夫，因为是意外的相遇，她愣在那里，脚好像被钉子钉住了。基列耶夫正站在那里数钱。“现在就告诉……就问……就告诉……”阿尔塔莫诺娃下了决心，但最终还是没有说出口。

进手术室后，阿尔塔莫诺娃回头朝手术室门口望了一眼。她一直盼望着基列耶夫穿着大衣戴着帽子跑进来，抓住她的手说：“差点儿就来不及了！”但是基列耶夫不知道她在什么地方，也不知道她为什么要来这个地方。

阿尔塔莫诺娃两周都没有去学校，她不想去，甚至连电话也不接。即便广播里播报爆发了核战争，她也不会动一下。她整天坐在钢琴前敲打着琴键，弹奏着《儿童乐谱》。

四月一日是阿尔塔莫诺娃的生日，二十岁的生日，又一个十年。全班都来了，基列耶夫也来了，还送了她一尊黏土做的骆驼小雕像作为礼物。

再过十年就是三十岁，人生主要的、有决定意义的事件都发生在这个阶段——二十岁到三十岁之间，然后就开始重复。

阿尔塔莫诺娃从音乐专科学院毕业后，考入了戈涅欣学院的合唱指挥班。大学毕业后她开始指挥少年宫的合唱团。基列耶夫在学校上到三年级时就辍学了，据说他在声乐歌舞团上班。

就在二十岁到三十岁之间，将近三十岁时，阿尔塔莫诺娃嫁给了谢尔日科。谢尔日科像所有正统人一样，是个循规蹈矩却又很沉闷的人。阿尔塔莫诺娃对他没有像对基列耶夫那样的爱，她也不需要那样的爱。那样的爱曾让她伤心欲绝，生活本应该保持平和。三百六十天之后他们离了婚，就像莱蒙托夫一首诗中所写的那样："没有爱的愉悦，分手也没有忧伤。"

3

四十岁对于女人是青春不再的年龄，可四十岁的阿尔塔莫诺娃看上去比二十岁时还漂亮：以前瘦削，现在变得清秀了；曾经胆怯的性格变得平和，对自己的事业也变得自信了，甚至还有一点所谓的个人优越感。还同过去年轻时一样，她在期待着什么。也许在期待着基列耶夫的出现，但她自己并没有表现出主动性，即便遇到她和基列耶夫都认识的熟人，她也从不打听……

基列耶夫已经四十多岁了，对于声乐歌舞团来说他已经老了。此时，基列耶夫的妻子鲁菲娜到了退休年龄，她一直没有生育。他们还住在那个由政府负责管理却不负责维修的中世纪的二层楼房里。他们把二层租给了合作商店的职员，希望他们修复房子并安部电话。鲁菲娜指望从合作社的职工身上挣到钱，她对基列耶夫已经不抱什么希望了。

没能生下来的儿子一直存在于阿尔塔莫诺娃的生命当中，就像隔着墙的音乐，尽管声音低，但能听得到。而且时间越久，思念就变得越来越强烈。对她来说，一个人的生活实在有些空虚。

在少年宫，阿尔塔莫诺娃和瓦赫丹戈交上了朋友。瓦赫丹戈是一个正规剧院的正式演员，但领导不让他扮演他想演的角色。瓦赫丹戈很郁闷，看不到什么出路。他的爱情也是一波三折，尽管他是个美男子，但是没有钱，没有房子。阿尔塔莫诺娃一边听他倾诉，一边递给他一些面包片。结果她爱上了他，因为他的种种不幸。

他们结婚了，然而一直没有孩子。阿尔塔莫诺娃去看医生，一个女医生告诉她："不可能怀孕了。"这就是基列耶夫的拜访给她造成的后果。他当时想要什么来着？好像是柴可夫斯基的《儿童乐谱》。

瓦赫丹戈每月给他在库塔伊希的母亲打一次电话，并悄悄地说："没怀孕。"母亲对儿媳妇很不满意。

他们还是没有孩子，但是在阿尔塔莫诺娃看来，瓦赫丹戈完全像个孩子，他代替了儿子的位置，她要给他煮饭洗衣，还要安慰他，给他零花钱。

一切都结束了，结束在一个晴朗的日子里，就像瓦赫丹戈感觉的那样，结束在一个空荡荡的地方。瓦赫丹戈在给他妈妈的一次例行电话中说："还没怀孕。"阿尔塔莫诺娃一把夺过他手中的话筒，对婆婆说了几句不该说的粗鲁话。瓦赫丹戈的妈妈什么也没听明白，可瓦赫丹戈明白了，他们的日子过不下去了。

4

在阿尔塔莫诺娃的婚姻亮出红灯的同时，合唱团却兴旺了起来，不断壮大，还去保加利亚、中国和美国演出过。演出场次很多，有时一天有两场音乐会。台上台下都在传唱阿尔塔莫诺娃的歌曲，银行存折上的钱也如沼泽中的泉水，刚取走就又满了，源源不断。多好啊，钱！象征着自由和独立，可以吃山珍海味，可以穿华丽服装，可以出入坐车。在一个晴朗的日子她得出结论：她有自己的事业，她不需要最出色的丈夫。事业可以供她吃，供她穿，让她享受，让她旅行，让她结识朋友，给她社会地位……有哪个现代的男人可以给她这么多？阿尔塔莫诺娃驾着车沿着车道行驶，而在人行道上，那些只挣两百卢布，并且其中一百卢布要买酒喝的男人们鱼贯而行。她开着车高傲地驶过，那感觉真好。

一个著名的管风琴家来莫斯科巡回演出。音乐会结束后，阿尔塔莫诺娃乘地铁回家。坐扶梯往下走时，她陷入沉思，当看见面前站着基列耶夫时，她一点也不感到惊讶，只是觉得应该说点什么。

“啊，你也来了！”阿尔塔莫诺娃用轻快的口吻说。基列耶夫跟从前一样没有多大变化，只不过是另一种的那个样子，像是外省来的老同志。阿尔塔莫诺娃知道，近年来基列耶夫在餐厅弹钢琴，听说他还酗酒。他们站着，互相望着对方。

“你好吗？”阿尔塔莫诺娃问。

“还好。”

“天哪。”阿尔塔莫诺娃有点害怕，“我差点儿因为这个人毁了自己的一生！”

“你怎么走？”他问。

“我往右拐。”阿尔塔莫诺娃说。

“我往左拐。”

没办法，还像往常一样，他们总是各奔东西。

阿尔塔莫诺娃突然想说：“知道吗？我们曾经可以生个孩子。”但她没说，无法挽回的事情说它还有什么意义。

“那好，再见。”阿尔塔莫诺娃与他告别。

“再见。”基列耶夫回答说。

火车来了。阿尔塔莫诺娃心里却慌乱起来，好像这是她生命中的最后一趟火车。基列耶夫还站在站台上，人流把他挤来挤去，但他好像没有觉察到。阿尔塔莫诺娃看了他一会儿，然后火车进了隧道。车厢轻轻地摇晃着，她心里空荡荡的。

突然间她明白了，因为自己的犹豫——说还是不说，问还是不问——她毁了他的生活。要不是医生建议不把孩子生下来，儿子也快三十岁了，听完音乐会他们将一起回家，她会对基列耶夫说：“认识一下，这是你的儿子。”即便这样又能怎么样呢？他站在站台上，像三十年前没有被音乐学院录取时一样尴尬。

阿尔塔莫诺娃为他失掉的天才感到痛苦。她又像当年一样，想乘车回去告诉他："所有同学中你最有才华，你的天赋还没有完全丧失。"

"下一站是白俄罗斯站。"一个女播音员的声音。

阿尔塔莫诺娃抬起头来想："奇怪，我可是在白俄罗斯站上车的，也就是说，火车绕了整整一圈又回到了这个起点。"

基列耶夫还站在原来的地方。当车厢门打开，人们上下车时，阿尔塔莫诺娃看见了他。阿尔塔莫诺娃在最后一秒跳了出来，走到他跟前问道："你在这做什么？"

"等你。"基列耶夫简短地说。

"为什么？"

"我一生都在等你。"

请联系我们!

因本书部分稿件来自网友选送，故未能与一些文章的作者及时取得联系。

希望原文作者看到本书后尽快与我们联系，我们将奉上稿酬，以表感谢。

（稿酬为 100 元 / 千字）

作者可将确认信件发送至我们的邮箱：wanrongbook@163.com

图书在版编目（CIP）数据

愿你过上我从未看见的生活 / 杨宇编. -- 沈阳：万卷出版公司, 2015.2

ISBN 978-7-5470-3462-0

Ⅰ. ①愿… Ⅱ. ①杨… Ⅲ. ①散文集－中国－当代②故事－作品集－中国－当代 Ⅳ. ①I217.1

中国版本图书馆CIP数据核字(2014)第295221号

出版发行：北方联合出版传媒（集团）股份有限公司
　　　　　万卷出版公司
　　　　　（地址：沈阳市和平区十一纬路29号 邮编：110003）
印 刷 者：北京季蜂印刷有限公司
经 销 者：全国新华书店
幅面尺寸：145mm×210mm
字　　数：200千字
印　　张：8
出版时间：2015年2月第1版
印刷时间：2015年2月第1次印刷
责任编辑：张鸿艳
封面设计：未　氓
版式设计：佳艺An
ISBN 978-7-5470-3462-0
定　　价：28.00元

联系电话：024-23284090
邮购热线：024-23284050
传　　真：024-23284521
E-mail：wanrongbook@163.com
网址：http://www.chinavpc.com

WanRong
万榕书业